El amigo invisible

Carlos Puerto

ediciones SM Joaquín Turina 39 28044 Madrid

Colección dirigida por **Marinella Terzi**

Primera edición: marzo 1993
Segunda edición: septiembre 1993
Tercera edición: mayo 1994
Cuarta edición: octubre 1995

Ilustraciones: *María Luisa Torcida*

© Carlos Puerto, 1993
© Ediciones SM, 1991
  Joaquín Turina, 39 - 28044 Madrid

Comercializa: CESMA, SA - Aguacate, 43 - 28044 Madrid

ISBN: 84-348-3974-1
Depósito legal: M-33210-1995
Fotocomposición: Grafilia, SL
Impreso en España/Printed in Spain
Imprenta SM - Joaquín Turina, 39 - 28044 Madrid

No está permitida la reproducción total o parcial de este libro, ni su tratamiento informático, ni la transmisión de ninguna forma o por cualquier medio, ya sea electrónico, mecánico, por fotocopia, por registro u otros métodos, sin el permiso previo y por escrito de los titulares del copyright.

1 *El amigo del espejo*

TODAS las noches, Moira cambiaba de nombre.

El juego había comenzado justamente hacía una semana, la noche del 24 de diciembre. Después de los villancicos y la cena en familia, todos se habían sentado alrededor del televisor para ver una película que contaba la historia de un Papá Noel que iba de chimenea en chimenea dejando regalos a los niños.

Moira no paraba de hacer preguntas: «¿Por qué se llama Papá Noel? ¿Es diferente de Santa Claus, el de los renos y el trineo? ¿Conoce a los Reyes Magos? ¿Por qué lleva barba postiza?».

Varias veces le hicieron callar. La tele, le dijeron, había que verla sin molestar a los demás. En efecto, sus abuelos estaban pendientes de la pequeña pantalla, aunque de vez en cuando daban alguna cabezadita. Y sus padres igual, atentos a la película, como si fuera la cosa más importante del mundo. Ni siquiera su hermano Bolín quería hacerle caso aquella noche.

Pensó en irse a casa de su amiga Marilú, pero ¿quién la iba a llevar tan tarde? Ya no había autobuses por las calles, ni siquiera taxis. Nochebuena es una noche muy especial, para no salir de casa.

—¿Puedo llamar por teléfono?

—¿A estas horas, cariño? —le respondieron sin siquiera mirarla—. Anda, siéntate y estáte un poquito quieta.

Pero Moira no podía estarse quieta. Quería hablar con Marilú; o mejor, irse con ella de paseo, a cualquier sitio; por ejemplo, hasta la vía del tren que corría paralela al mayor de los parques verdes de su ciudad.

¡Le gustaría tanto ser viajera! Llegar a un sitio desconocido y descubrirlo. ¿O acaso esa noche tampoco había trenes?

—Por favor, Moira, cállate de una vez. Si quieres quedarte con nosotros, estupendo, pero con la boca bien cerrada. Y si no, por favor, ve a dormir a tu habitación.

Moira se quedó, por unos instantes, contemplando el hermoso árbol navideño que adornaba un rincón de la estancia. Le gustaban sus esferas multicolores y, sobre todo, la estrella que sostenía en su parte superior. ¿De qué estaría hecha esa estrella?

Ni siquiera se atrevió a preguntarlo. ¿Para qué, si sabía que la respuesta sería un «chist» prolongado?

Cerró la puerta de su habitación y se echó en la cama con la luz apagada, sin desnudarse, con los ojos bien abiertos.

Las paredes estaban empapeladas con dibujos de personajes famosos: Peter Pan, Alicia, Gulliver... Todos viajeros, aventureros y descubridores de mundos fantásticos y sorprendentes. Y ella ¿por qué tenía que conformarse con ver una tontorrona película en la que, además, se notaba que el protagonista iba disfrazado y su barba era de algodón?

Ni siquiera le dejaban llamar a Marilú. ¡Pues vaya!

En esas estaba cuando sucedió algo que la sobresaltó. Una luz intensa parecía flotar en el espacio. De haberla visto en el cielo, inmediatamente habría sabido que se trataba de una estrella.

Pero estaba allí, dentro de su dormitorio, como si un mago la hubiera creado con su varita para ella.

Moira se incorporó lentamente y entonces, igual de lentamente, la luz comenzó a desplazarse. Incluso llegaba a desaparecer cuando ella se sentaba en la cama, para resurgir de nuevo cuando se ponía de pie sobre la alfombra.

—¿Quién eres? —preguntó la niña sin estar muy segura de que fuera a recibir respuesta alguna. Por un momento, temió que sus palabras acabaran con el hechizo. Que sólo fuera posible el prodigio en medio del silencio.

Pero no, la luz seguía allí y hacia ella se dirigió Moira despacio, muy despacio. Entonces fue cuando vio una figura que se le acercaba.

Además de la luz, ¡había alguien!

—¿Cómo te llamas?

Nadie respondió. Y Moira continuó avanzando hacia el espejo.

Se echó a reír cuando descubrió que la persona que iba a su encuentro no era sino ella misma, reflejada. Y que la estrella no estaba dentro de su dormitorio, sino en el cielo; en ese pedazo de cielo que se podía ver a través de los cristales de su ventana y que se reproducía en el espejo enmarcado que colgaba de la pared.

—¿QUIÉN ERES? ¿Cómo te llamas?

—Ariom.

Se le parecía muchísimo. Su mismo cabello

corto, pelirrojo. Sus mismos ojos redondos, azul marino. Su mismo diente mellado. Sus pecas. E, incluso, el mismo arete que Moira llevaba en el lóbulo de su oreja izquierda, aunque su amigo lo llevaba en el lóbulo de su oreja derecha.

—Hola.

—Hola.

Ambos se saludaron levantando sus manos al mismo tiempo; sonriendo al mismo tiempo, como si se conocieran de toda la vida; incluso guiñando el ojo al mismo tiempo.

—Me gusta tu habitación —dijo el amigo dando un repaso a los juguetes que reposaban en un cajón, a los libros que se mantenían todos juntos en una estantería, a la cama con colcha color césped. Entonces fue cuando dijo por primera vez—: Quiero algo verde, necesito algo verde.

Moira no le hizo mucho caso porque, la verdad, estaba completamente fascinada con su nuevo amigo. Tal vez él pudiera hacer lo que ella no podía. ¡Seguro que sí!

—Vas y me lo cuentas. Corres, saltas, vuelas y luego regresas y me lo cuentas.

—¿Y qué quieres que te cuente?

—Todo, quiero que me lo cuentes todo. Pero tienes que ir con cuidado, sin que nadie te descubra. Porque si te descubren, ya no podrás ser mi amigo.

—¿Tú quieres ser mi amiga? —preguntó Ariom ilusionado. Explicó que él siempre había estado solo, allá, detrás del espejo. Que nunca había tenido nombre o que, al menos, nunca había sabido cuál era ese nombre, hasta que ella se lo había dado. Y que en más de una ocasión se había desesperado cuando ella había apagado la luz para dormirse, porque él, entonces, no había tenido más remedio que desaparecer. Por mucho que le hubiera apetecido hablar.

—Ya somos amigos, los mejores amigos del mundo —dijo Moira pegando su mano al espejo. Ariom la imitó sin dudar un instante.

—¿Podemos empezar esta noche?

—Esta noche y todas las noches.

—¿Y podré dejar de imitarte constantemente, irme lejos a conocer cosas?

—¡Claro que sí! Para eso te necesito, para que descubras cosas y me las cuentes.

—Entonces estamos de acuerdo, porque yo te necesito para que me escuches.

Volvieron a chocar sus manos contra el cristal.

El amigo de Moira volvió a decir de forma un poco misteriosa:

—Pero yo necesito algo verde.
La niña no pareció oírle. Su mirada estaba fija en el edificio que podía contemplar desde su cama todas las noches antes de dormir: el castillo que había en medio de su ciudad.

2 El castillo que espera

MOIRA era una niña afortunada. No todo el mundo vive en una ciudad con un castillo en el centro. Un castillo que se veía desde casi todas partes y a cuyos pies, en uno de los lados de la roca sobre la que se elevaba, había un tiovivo con música de organillo y luces multicolores.

Algún domingo de los que Moira iba a pasear por el parque, la presencia de aquel gigantesco edificio histórico llegó a hacerle inventar historias. Imaginaba a los guerreros de otros tiempos saliendo al galope por el puente levadizo, o a los artilleros disparando sus cañones contra los invasores.

Pero las mejores historias le llegaban cuando estaba a solas en su habitación, tumbada en la cama, con la luz apagada. ¿Quién sería el señor de la noche del castillo? ¿Acaso tendría fantasma, como decían las leyendas de su tierra?

Y, sobre todo, ¿las noches sin luna seguiría el castillo allí? ¿Se lo habrían llevado? ¿O tal vez entre la niebla el castillo elegiría alejarse de la ciudad para desaparecer por siempre jamás?

Había algo en aquel castillo que la atraía de una manera muy especial y que, hasta que no lo descubriera, no deseaba compartir con nadie.

—Esta niña no sabe lo que quiere. Siempre está con el castillo: que si el castillo tal, que si el castillo cual... Y ahora que vamos a dar una vuelta por allí, prefiere quedarse en casa. No sabe lo que quiere.

Lo sabía, claro que lo sabía. Soñar.

A veces, los ojos de la cara no enseñan más que las piedras y el musgo, un poco de la historia. Pero el castillo, su castillo, tenía una historia muy diferente a la que enseñaban los guías. Una historia cada noche.

Moira contempló el castillo desde su cama una vez más.

—¿QUIERES QUE VAYA? —preguntó Ariom acariciándose el arete de oro de su oreja.

—¡Me encantaría! Pero ¿y si hay peligro?

—¡Mejor! —respondió Ariom sacando pecho—. Si no hay peligro, no hay emoción.

Ariom y Moira formaban una buena pareja. La niña lo quería saber todo de todo, y su amigo no tenía miedo de nada.

—Pero...

—¿Pero? —preguntó Moira un poco inquieta. Tal vez ahora se iba a echar para atrás.

—Necesito algo verde.

Ariom repetía machacón esa frase. Pero lo hacía no como un niño cuando quiere un caramelo, caprichosamente, sino como lo haría un guerrero al solicitar su espada o la armadura.

—¿Por qué verde? —preguntó Moira, que necesitaba escuchar la respuesta.

—Me encantan los colores. Y el verde es el color de la esperanza. Si he de vivir aventuras peligrosas, necesitaré la esperanza.

Moira pensó que tenía razón. A ella también le gustaba el verde de los campos; y dando la espalda por unos instantes al espejo, se puso a buscar algo verde en el cajón de sus pañuelos.

—¡Qué mala suerte!

—¿Por qué mala suerte? —preguntó Ariom desde el otro lado del cristal.

—Porque no tengo ninguna cosa verde.

—¿Y quién te ha dicho que yo quiero una cosa verde?

—¡Tú! —Moira estaba un poco desconcertada. ¿Había oído mal o acaso su amigo intentaba jugar con las palabras?

—Yo he dicho que quería algo verde, pero no una cosa.

—Entonces...

—Un animal. Necesito un compañero, un ayudante, un escudero. Necesito un animal verde.

Moira pensó en los pastores con sus perros, en los piratas con sus loros, en los caballeros andantes con sus caballos. Ariom pareció cogerle al vuelo el pensamiento.

—Los caballeros andantes no sólo tienen caballos, también se encuentran con dragones. Y la verdad, yo prefiero un dragón a un caballo.

—¿Por qué? —a Moira empezaba a encantarle aquel niño valiente y estaba muy contenta de poder llamarle su amigo.

—¿Que por qué? Es muy sencillo: porque los dragones son de color...

—¡Verde!

—Exactamente. Verdes y misteriosos.

—¿Y quieres llevar contigo a un dragón?

—Lo único malo es que son demasiado grandotes...

Moira buscó bajo un montón de cuadernos hasta que dio con un desvencijado álbum de cromos.

—Mira, mira...

—Son bonitos.

Los cromos representaban a los animales de la creación, desde los dinosaurios hasta los osos panda. Todos estaban allí.

—Verdes, verdes, hay que buscarlos de color verde.

Los cocodrilos eran demasiado grandes, y las lagartijas, demasiado pequeñas.

—¿Loros? ¿Qué tal un loro?

—No está mal, pero no soy pirata. Y además, hablan demasiado. Necesito un animal discreto.

Buscando, buscando, Moira dio con uno de los animales más discretos.

—¿Qué te parece?

—Lenta —dijo Ariom contemplando el cromo que representaba a la tortuga.

—¿Y ésta? —Moira se fijó en los ojos saltones de la rana.

—No está mal, pero ¿y si salta cuando no debe saltar? ¡Croac-croac-croac!...

Ariom se puso a imitar el croar de la rana. La niña empezó a pensar que su amigo sólo ponía dificultades.

—Tal vez prefieres un perro... —no pudo terminar la frase porque el otro la interrumpió.

—... o un gato. Mejor un gato. Me gustan más los gatos, pero...

¡Otro pero! Ya no pudo evitarlo:

—Pues ¡píntalo de verde y en paz!

Moira había oído decir que no hay nada más raro que un perro verde, pues ¡bien! Ella lo acababa de inventar: ¡un gato verde!

—No, Moira, no. No quiero pintar a ningún animal de un color que no sea el suyo. Es tan absurdo como si te encuentras un león y le mandas que se acueste en la cama.

—Pues a lo mejor dentro del castillo te encuentras un león en la cama. ¿Y entonces qué vas a hacer? ¿Le vas a decir que es un absurdo?

—Moira se puso a imitar la supuesta voz de un león—: Estoy en mi cama, porque ésta es la cama del león, que soy yo.

—Un momento... —dijo Ariom pensativo—. ¡Ya lo tengo!

—¿Ya lo tienes? ¿Has encontrado al león en la cama?

—He encontrado la cama... y he encontrado al león. Cama y león. Cama... león.

Y en ese momento, los dos a la vez, pronunciaron el nombre del animal que habría de acompañar a Ariom en su aventura.

—¡Camaleón!

Ariom soltó una risa cristalina.

—¡Es verde!

—Y le gustan mucho los colores.

—Y es discreto.

—Y misterioso.

—Y mágico.

—Y...

Moira estaba contemplando el cromo de su álbum en el que se veía al pequeño animalejo sobre una rama, con su cola enroscada y su larguísima lengua a la caza de una mosca despistada. También se distinguían sus ojos saltones y giratorios, capaces de mirar cada uno en diferente dirección. Lo que no se podía ver en el cromo era el cambio de color, que era una de las sorprendentes facultades de este peculiar reptil.

—¡Parece un dragón en pequeño! Es fantástico.

El camaleón, a pesar de estar dibujado en el cromo, volvió la cabeza para ver quién hablaba así de él. E hizo una mueca con la boca, que se podía interpretar como una sonrisa. En sus largos años de existencia, nunca nadie le había hecho un elogio semejante. ¡Él, tan pequeño, comparado con un dragón!

Pegó un salto de contento y se salió del álbum.

—Pe... pero —dijo Moira, asombrada al darse cuenta de que en el cromo únicamente se veían ya la rama y la mosca suspendida en el aire.

Luego miró al espejo. Allí estaba Ariom, con sus pecas y su pelo color zanahoria, su pijama y, en uno de sus hombros, un camaleón.

—Ahora sí que sí —dijo el amigo de Moira rascándose la cabeza—. Ahora lo que quieras. ¿Al castillo? Pues vamos al castillo.

Y así fue como la noche de Nochebuena comenzó la aventura invisible.

3 Una pareja como no hay dos

La luz de la luna convertía en plata las piedras del castillo y en diamantes los cristales de sus ventanas.

Las puertas, sin embargo, parecían de plomo. Tras ellas no se escuchaba el menor sonido, no parecía haber nadie.

—Me parece, me parece... que si no hay nadie, esto puede resultar un montón de aburrido —dijo Ariom haciendo una mueca que dejaba al descubierto su diente mellado.

El camaleón, haciéndose eco de su compañero, cambió su color verde por el amarillo. A lo largo de su peripecia juntos, Ariom habría de descubrir que cada cambio de color del pequeño animal significaba un sentimiento: amarillo cuando se ponía triste, y azul, por el contrario, cuando estaba rebosante de alegría; el rojo significaba peligro, y cuando el miedo se apoderaba de él, se volvía transparente en un intento de hacerse invisible para los que lo amenazaban.

Pero Ariom, en aquel momento, todavía desconocía el significado y sólo se le ocurrió hacer una broma:

—*Camito*, pareces un semáforo. Primero verde, ahora amarillo; sólo te falta pasar al rojo.

Al pequeño animal no le hizo mucha gracia el nombre con el que lo acababa de bautizar; pero al carecer de palabras para expresarse, utilizó como protesta una de sus principales características. Primero entornó los ojos, como cuando se apunta en el tiro al blanco, y luego lanzó su lengua retráctil hasta dar con ella en la punta de la nariz de Ariom.

—Pero ¿qué haces? —protestó el niño limpiándose el liquidillo pegajoso con que el otro le había obsequiado.

El camaleón, bajo su rugosa coraza, parecía sonreír. Cuando tenía hambre, ¡zas!, lengüetazo pegajoso y la comida a la panza. Pero también, cuando estaba enfurruñado, cuando algo o alguien no le gustaba, ¡zas!, la lengua salía en espiral de su boca y golpeaba con su extremo humedecido al contrincante. Una forma como otra cualquiera de protestar.

Ariom lo entendió perfectamente. Pero no sabía por qué.

—¿Por qué te enfadas, *Camito?*

Ahora lo supo. Repetir la palabra y recibir de nuevo el lengüetazo fue todo una.

—¿No te gusta que te llame *Camito?* Pues tú me dirás cómo te llamo.

La pareja quedó pensativa frente al portón levadizo del castillo. En ese momento, el «semáforo» cambió de color, pasando al rojo.

—¿Y ahora?

Al notar el temblor del cuerpo de su amigo, y sin fijarse en que comenzaba a transparentarse, Ariom comprendió que algo estaba a punto de suceder.

Lo más prudente sería esconderse para ver qué pasaba.

Se escucharon unas voces.

—Que no, hombre, que son sólo imaginaciones tuyas.

—Claro que son imaginaciones. ¡Yo soy la imaginación!

—Hablas como si fueras el único.

—El único que cree que estamos siendo vigilados por alguien, sí. Por lo visto, sí. Y mi obligación es...

Ariom aguantó la respiración y tapó con una mano la cabeza de su compañero, no se le ocurriera hacer algo que los delatara.

De repente, allí, ante sus propias narices, acababan de aparecer, como por arte de magia, dos curiosos personajes.

Uno, el que más hablaba, el que protestaba, tenía forma vegetal, de un específico color encarnado.

El otro llevaba una especie de manto real, pero su aspecto era el de un cardo borriquero, con sus pinchos y un penacho azulado en la cabeza.

—¿Lo ves, amigo don Pimentón? Por aquí no hay nadie.

—¡Pues yo digo que sí! —replicó al tiempo que estornudaba. Lo cierto es que de su cuerpo emanaba un cierto polvillo capaz de hacer estornudar al que estuviera a su lado, incluso a sí mismo.

Sin embargo, al otro no parecía afectarle. Se rascó el penacho y se envolvió en su manto, disponiéndose a desaparecer en el interior del castillo.

—¿Y para esto me has molestado? Estaba yo tan ricamente con mis juegos, y llegas tú con tus alarmas atontolinadas.

—Floribundo, yo te digo que...

Al escuchar aquel nombre, Ariom no pudo reprimir una risita. Lo de don Pimentón le parecía un poco chusco, pero ¡mira que Floribundo!

—¿Has oído?

—Una especie de risa.

—Y proviene de por ahí... —dijo don Pimentón, señalando el lugar donde la pareja estaba escondida.

—¿Adónde vas? —quiso saber Floribundo, no muy convencido de lo que estaba sucediendo.

—A descubrir a los intrusos —dijo don Pimentón con firmeza.

Pero no era tan fácil. El camaleón se había vuelto transparente, pero transparente de verdad. Y Ariom era un niño invisible si Moira quería.

Moira estaba contemplando la escena desde el otro lado del espejo. ¿Qué debía hacer?, se preguntó. Si permitía que Ariom fuera visible para los habitantes del castillo, sin duda sería atrapado y nadie podía imaginar, en ese caso, lo que iba a sucederle.

Pero si lo dejaba tal cual, la aventura no existiría. Y sin aventura, nada tenía significado.

—Lo siento, pero así tiene que ser —dijo la niña al tiempo que le devolvía su apariencia humana—. Aunque ya sabes que yo siempre estaré aquí, para ayudarte.

A Ariom no le convenció mucho lo que le decía su amiga, pero...

Además, en ese momento, el polvo de pimientos del defensor del castillo cayó sobre él. Estornudó.

También el camaleón estornudó, pero lo suyo fue más complicado porque, al hacerlo, la lengua se le hizo un lío alrededor del cuello y quedó en forma de lazo de pajarita.

—¡Aquí están! —dijo don Pimentón señalando a los intrusos.

Ariom meditó qué sería lo mejor: si salir corriendo o hacer frente al peligro. Si salía corriendo no sería para huir, sino, por el contrario, para lanzarse de cabeza a la aventura.

En esas estaba cuando el camaleón consiguió desenroscar su lengua; pero lo hizo con tal fuerza que ésta salió disparada dando, de regreso a su boca, en todo el penacho a Floribundo, que cayó por el suelo patas arriba.

—¡Corre, corre! —le dijo Ariom mientras se lanzaba hacia las paredes del castillo, que rápidamente traspasó como si fueran de humo.

El camaleón, más listo, en lugar de correr, se limitó a subirse a su hombro.

Ya estaban dentro.

El patio de armas parecía desierto. Pero, como todo lo que sucedía allá dentro —dentro del castillo, dentro del espejo—, sólo era fruto de la imaginación.

—¡Atención, atención! —comenzaron a exclamar unos altavoces que debían estar escondidos por cualquier parte—. ¡Atención, aten-

ción! ¡Pufitos, cuincuinos y gusarapos! ¡Alarma general! ¡En el castillo acaba de entrar alguien no autorizado! ¡Atención, gusarapos, cuincuinos y pufitos! ¡Alarma general!

Y ante su estupor, tanto el camaleón como Ariom se vieron rápidamente rodeados por una serie de personajes absolutamente inexplicables.

4 *Pufitos, cuincuinos y gusarapos*

Ariom se dispuso a luchar contra cualquiera que se interpusiera en su camino. No le importaba que fueran muchos ni que cualquier tipo de retirada resultara imposible.

—¿Qué haces aquí en una noche en que todos los niños están en casa? —preguntó Floribundo agitando el penacho.

El camaleón, al ver cómo se acercaba el del manto, tuvo un gesto reflejo y le sacó la lengua. Pero ya sabemos que los camaleones no sacan la lengua como las personas, que la suya era pegajosa, una lengua de ida y vuelta. Y con ella le dio un lametón a Floribundo en la nariz.

Los cuincuinos se agitaron como las burbujas de jabón en una bañera. Tenían la facultad de parecer uno y muchos a la vez. Al igual que los dados, que son unas piezas con seis caras y veintiún puntos. Crecían hasta hincharse como un zepelín o se desintegraban en gotas de lluvia. Los cuincuinos eran así. Se enroscaban como la hiedra o inflaban sus carrillos como los tragones.

Ariom los contempló fascinado. Nunca pensó que hubiera en el mundo del castillo unos seres así.

—Puf, puf... —dijeron otros personajes que caminaban como si estuvieran jugando a la locomotora, cogidos de la cintura y todos a una—. Puf, puf...

El nombre de los pufitos venía precisamente de su forma de comunicarse. A todo respondían «puf». Un *sí* era «puf». Un *no* era «puf-puf». Y cuando se ponían muy contentos o muy nerviosos, decían al unísono «puf-puf-puf-puf-puf». Caminaban haciendo el sonido de un tren, una especie de baile de la conga, echando un imaginario humo por sus imaginarias chimeneas.

Don Pimentón agitó sus brazos con cierto mal humor. No le gustaba ver a su amigo Floribundo siendo chuperreteado por un animalejo verde con ojos saltones.

—Tendrás que explicarnos lo que haces aquí. ¿Por qué has venido a espiarnos?

—¿Yo un espía? —replicó Ariom echándose

a reír. Pero inmediatamente le llegó a la nariz el polvo picante de su interlocutor y se puso a estornudar.

Don Pimentón sacó varios pañuelos de papel de sus múltiples bolsillos y se los arrojó al niño convertidos en bolitas. No se sabía muy bien si le daba los pañuelos para que se sonara o le estaba bombardeando con proyectiles de papel.

Sea como fuere, el caso es que los pañuelitos comenzaron a caer en el suelo ante el horror de los gusarapos.

—¡Caca! —dijo uno de ellos.
—¡Basura! —dijo otro.
—¡Moqueros! —exclamó el de más allá.
—¡Pedorretas! —replicó el de acullá.
—¡Guarrindongos! —repitieron dos o tres a la vez.

Don Pimentón miró a Floribundo con cierto gesto de desolación. No se había dado cuenta de lo que hacía; es más, no se había dado cuenta de que los gusarapos estaban allí. Y eso que él mismo los había llamado. Pero es que los gusarapos, a pesar de su aspecto descuidado, como pelusas de polvo en un desván; con sus múltiples patas calzadas con botas sin lustrar y con los cordones rotos, con sus pelos revueltos, los gusarapos no podían resistir que se arrojara

31

nada al suelo. Se ponían histéricos, lo recogían, buscaban una papelera y no paraban hasta dejar el lugar como si acabara de pasar una brigada de limpiadores.

Lo malo es que, hasta que terminaban su labor, lanzaban unos gritos agudos como pitos de árbitro, una especie de batiburrillo musical desafinado.

Mientras los gusarapos hacían su función, todos hubieron de taparse los oídos, excepto los cuincuinos, que se convirtieron en una pelota flexible que dio un bote hasta el cielo. Mientras subía y bajaba, los gusarapos terminarían su faena y el silencio volvería al castillo.

—No has contestado, intruso infantil —dijo don Pimentón una vez que el orden se había restablecido.

—Me llamo Ariom —dijo éste tocándose el arete de oro de su oreja.

—¿Y qué me importa cómo te llames? Mira que como te me pongas chulito, te echo mis polvos de picapica, ¿eh?

El camaleón le obsequió con uno de sus chuperreteos, lo que sentó muy mal al personaje.

—¡Impertinente! —dijo don Pimentón limpiándose las babas.

El camaleón se volvió amarillo de pena. No le

gustaba que le insultaran, se sentía despreciado y eso le provocaba tristeza.

Ariom le acarició el lomo mientras hablaba con los demás.

—Tienes muy malas pulgas, ¿verdad?

—Pero ¿es que hay pulgas buenas? —quiso saber el personaje con forma de pimiento—. Las pulgas siempre están picando, luego son malas.

—Tú también picas y yo no te considero malo.

Estas palabras desarmaron a don Pimentón. Porque él se creía muy malo, el más malo de los malos. Además, ésa era su misión.

—Yo soy tan malo como las pulgas, ¿comprendes? ¿Y sabes por qué soy tan malo? Porque no quiero que mi amigo Floribundo se enfade: yo lo hago por él.

—Pues si Floribundo quiere enfadarse, que se enfade —dijo Ariom, pensando que eso de tener a alguien que se enfade por uno es realmente cómodo.

—No me conoces, muchacho —exclamó Floribundo afilando los pinchos de su cuerpo—. ¿Por qué crees que me llamo como me llamo?

—Imagino... —antes de responder, Ariom se volvió hacia el espejo. Desde el otro lado, Moira movía los labios como deletreando unas pala-

33

bras, mientras hacía unos gestos explicativos—. Eso es, imagino que tu nombre es una mezcla de *flor* y de *furibundo.*

—¡Ohhh! —dijeron todos los habitantes del castillo, sorprendidos por la agudeza del intruso.

El camaleón, por su parte, cambió de color: ahora se había vuelto azul de alegría, satisfecho por tener un amigo tan listo.

—Flor, con sus pétalos y su aroma, sí. Pero también furibundo porque ya ves en lo que quedé, en cardo borriquero con penacho. Eso es todo. ¿Tengo o no tengo motivos para estar enfadado? Y como no quiero estar siempre de mal humor, don Pimentón lo está por mí.

—Pero ¡qué tontos sois! —dijo Ariom sin poderlo evitar.

Los pufitos se pusieron en guardia. Se organizaron de forma que su ataque fuera como el de un convoy que pasa sobre cualquiera aplastándolo. Una simple orden y, «puf-puf-puf», la máquina se pondría en marcha y sus mil pies pasarían por encima del que se metía con ellos de forma tan descarada.

Sin embargo, Floribundo levantó la mano como pidiendo calma.

—¿Por qué nos llamas tontos?

—Porque un poco sí lo sois. Sobre todo tú.

—¿Yo? —dijo Floribundo señalándose con sus dedos puntiagudos—. ¿Yo?

—Claro. Eres hermoso, eres interesante... Incluso, te diría que eres diferente. ¿Por qué enfurruñarte, pues?

—¡Ahhhhh! —exclamó un coro de voces llenas de asombro. Tal vez nunca lo habían visto desde ese punto de vista.

Ariom respiró aliviado. Había salido más o menos bien del difícil momento. El camaleón, mientras tanto, había vuelto a tranquilizarse, recuperando su color verde natural.

Pero en ese momento se escuchó una voz metálica que se adelantaba con su gemido al extraño personaje que la llevaba en sus manos.

Así era, en efecto: aquel individuo llevaba la voz en la mano. No podía llevarla en la boca porque no tenía boca. Y no tenía boca porque eso significaría que tenía una cabeza. Pero aquel ser lastimero no tenía cabeza.

—Siempre la está perdiendo —susurró un cuincuino con un gesto de resignación.

—Puf.

—Cuando algo le gusta mucho, pierde la cabeza y no la encuentra.

—Puf.

—Pues como la encontremos nosotros, ¡a la

papelera con ella! —exclamó uno de los gusarapos, siendo coreado por gritos y exclamaciones de júbilo.

El hombre sin cabeza avanzaba dando traspiés, chocando con todo lo que se tropezaba en su camino. Y para expresar su pena, utilizaba un pequeño magnetófono, con una cinta en la que se podía escuchar:

—¿Habéis visto mi cabeza? ¿Dónde está mi cabeza? ¿Quién me ha quitado la cabeza? Por favor...

Y así diez, cien, mil veces.

Don Pimentón susurró algo al oído de Floribundo, cuyo rostro se transfiguró con una sonrisa.

—Sí, sí —exclamó al tiempo que su penacho azul se le ponía de punta.

—Puf.

—¡Eso! —repitieron los demás, que ya sabían de lo que se trataba. Porque cada vez que alguien aparecía por el castillo, si quería seguir adelante, tenía que responder a una sencilla pregunta de Floribundo. Pero ¿realmente se trataba de una pregunta sencilla?

—A ver, Ariom, o como te llames. Dime, dime: ¿tú eres el ladrón de cabezas que a todo lo que le preguntan dice que no?

Moira palideció deseando fervientemente que

su amigo no se precipitara en la respuesta. Porque la verdad es que la pregunta tenía una trampa enorme como el mismísimo castillo sobre la roca. Y tanto si respondía que sí como si respondía que no, sería acusado de haber robado y, tal vez, castigado por ello.

5 *La llave de la puerta secreta*

—Venga, venga, ¡responde!

El hombre sin cabeza, después de tropezar con el muro del castillo, regresó hasta donde estaban los cuincuinos, que le sujetaron con sus cuerpos de burbujas.

Don Pimentón se ufanaba de haber puesto al intruso en un aprieto, y como se movía sin cesar, echaba sus polvos de picapica a diestro y siniestro, por lo que los pufitos se pusieron a estornudar. Eso sí, cambiando el conocido «atchís» por un prolongado «puf-puf-puf».

—El tiempo se termina —dijo de pronto Floribundo como si en alguna parte hubiera un reloj que marcara las horas—. Responde de una vez: ¿eres tú el ladrón que a todo lo que le preguntan responde que no?

—Yo soy el amigo de Moira —dijo Ariom muy seguro. El camaleón, un tanto confundido, no sabía si ponerse azul de contento o amarillo de pena. ¿Había sido buena o mala la respuesta?

Ariom miró a Floribundo a los ojos y repitió:

—Soy el amigo de Moira.

—¿Moira? ¿Y quién es Moira?

—La que te tira de la boina —replicó Ariom echándose a reír, pues le había hecho caer en la trampa.

Instintivamente, Floribundo se llevó la mano al penacho. No tenía ninguna boina, ¿entonces por qué...?

No le hizo ninguna gracia que le intentaran tomar el pelo y se puso verdaderamente serio.

—¡Responde de verdad, de verdad! Quiero saber si tú eres...

—Un momento —don Pimentón se acercó a su compañero y le dijo al oído—: Déjame a mí.

—Te dejo.

—Y ahora, seas quien seas, respóndeme y ten cuidado con lo que dices. Porque los gusarapos están dispuestos a convertirte en basura si fallas.

Los gusarapos, al escuchar la palabra «basura», se pusieron a chillar como locos y sólo la enérgica voz de don Pimentón los volvió a su ser:

—¡Silencio, vosotros! Y tú, Ariom o como te llames...

—Así me llamo, Ariom.

—Pues eso. ¿Eres el ladrón de cabezas que a todo responde que no? ¡Y quiero que me contestes sencillamente *sí* o sencillamente *no*!

Ariom respondió lo que le habían pedido:

—Mi respuesta es... sencillamente *sí* o sencillamente *no*.

Don Pimentón y Floribundo comenzaron a pegarse como si ellos fueran los culpables de lo que estaba pasando.

—¡Toma y toma!
—¡Ahí va ésa!
—¡Es imposible!
—¡No hay remedio!

Los cuincuinos se miraron con sus múltiples ojos y comenzaron a botar como pelotas de pimpón. Formaron una especie de muralla flexible entre ambos personajes que, de esa forma, ya no se podían seguir pegando.

Don Pimentón estaba rojo como los pimientos rojos, mientras que Floribundo se había envuelto en su manto y no dejaba entrever más que su penacho azul.

—Pero conozco al ladrón que a todo lo que le preguntan responde *no* —dijo de repente Ariom con una sonrisa.

Los cuincuinos abrieron la boca, olvidándose del hombre sin cabeza, que siguió su camino tropezando con todos los obstáculos. Floribundo asomó sus ojos por una abertura en la parte central de su capa, y don Pimentón recogió sus polvos picantes antes de escuchar.

—¿Dónde está? ¿Quién es el ladrón?
—Es el amigo de Moira.
—¿Qué Moira?
—La que te tira de la boina.

Ahora hasta los pufitos se echaron a reír. Y como no sabían cambiar sus «puf-puf-puf» por un «ja-ja», escribieron estas palabras en papelitos y los arrojaron al aire. De esta forma, en unos instantes todo el suelo del patio de armas del castillo se convirtió en silenciosos «ja-ja-ja».

Pero los gusarapos no podían ver tamaño desorden y se lanzaron contra los papeles como si fueran los peores enemigos del mundo, al tiempo que chillaban y protestaban con gritos y chirridos.

—¡Caca!
—¡Pedorreta!

La algarabía fue formidable.

Don Pimentón, derrotado, se apoyó sobre Floribundo, que ya ni siquiera tenía ganas de que el otro se enfadara por él.

—¿Qué os pasa? —preguntó Ariom acercándose.

—Calla, calla, que nos vuelves locos. Y ya tenemos bastante locura con la de nuestra puerta secreta.

—¿Una puerta secreta? —Ariom estuvo a punto de preguntar «¿qué puerta secreta?», pero se temió que le respondieran como lo había hecho él, con un verso ramplón.

Sin embargo, los del castillo no estaban para más juegos de palabras.

—Es tan secreta que no tenemos la llave...

—... y si la tuviéramos, no la podríamos abrir...

—... y si la consiguiéramos abrir, ¿qué íbamos a encontrar? Ah, secreto.

Ariom se dijo que si no abrían nunca esa dichosa puerta, jamás sabrían lo que había al otro lado. Que la única manera que había de descubrir el secreto era encontrar la llave y utilizarla.

—¿Y tú serías capaz? —le preguntaron Floribundo y don Pimentón a dúo.

—Pues claro.

—¿Y no tendrías miedo?

—¿Por qué iba a tener miedo? Además, me acompañaría mi camaleón.

—¿Qué camaleón? —preguntaron, pues en su mundo no había ese tipo de bichos y no sabían que eso era precisamente lo que Ariom llevaba sobre su hombro—. ¿Qué es un camaleón?

Ariom estuvo a punto de limitarse a señalar a su fiel compañero, pero no pudo evitar volver a jugar.

—Un camaleón es el que se come las flores furibundas y las convierte en pimentón.

En lugar de molestarlos, sorprendentemente les gustaron las palabras de Ariom. La pareja se miró en silencio y luego se puso a aplaudir con decisión.

—¿Lo intentamos? —preguntó Floribundo a don Pimentón.

—Venga, vamos a intentarlo —dijo don Pimentón mirando a Floribundo.

Y ante los gusarapos, que ya habían recogido todos los papeles y se habían calmado; ante los silenciosos pufitos y los cuincuinos, que no paraban de adoptar diferentes formas, ahora globos, después ciempiés, Floribundo habló:

—Ayúdanos, por favor.

—Ayúdanos a encontrar la llave.

—Ayúdanos a abrir la puerta secreta.

—Ayúdanos a ser libres.

A Ariom le sorprendió que aquellos personajes, que parecían hacer lo que les apetecía, hablaran de libertad.

—¿Y por qué no sois libres? —quiso saber.

—No somos libres, porque nos está prohibida la puerta del epílogo.

Aquélla fue la primera vez que escuchó aquel nombre. No sería la última.

—¿Quieres acompañarnos?

Ariom miró a su compañero, que estaba en su color natural.

—Chico —le dijo al oído muy bajito—, la aventura es la aventura. Vamos al epílogo ese.

Floribundo y don Pimentón le dejaron pasar al interior del castillo.

Ariom quedó deslumbrado. Lo que vio le dejó con la boca abierta. Nunca hubiera imaginado que allí dentro...

—¡Vuelve, vuelve!

¿Qué voz era aquélla? Él no quería volver, sino seguir hacia adelante.

—¡Vuelve, vuelve! Si no vuelves, nos descubrirán y no podremos seguir jugando ninguna noche más.

Ariom giró la cabeza hacia el espejo y allá, al otro lado, Moira le hacía gestos desesperados.

La niña escuchaba los pasos que se aproximaban a su habitación, y sabía que cuando la puerta se abriera, ella debía estar dormida. O, al menos, debía parecer dormida.

—¡Vamos, regresa! Ahora no sigas adelante,

por favor. No podré estar a tu lado y tal vez no puedas regresar nunca más.

Con cierto alivio, contempló cómo Ariom y su camaleón se acercaban; sin ganas, pero se acercaban hasta el cristal azogado.

—Estaba a punto de entrar en el castillo. ¿Y sabes cómo es por dentro?

—Mañana, por favor; mañana por la noche, a la misma hora, ¿de acuerdo? —sus manos tocaron a la vez el cristal.

Moira apagó la luz y se acostó cubriéndose con las sábanas hasta los ojos. Como no los tenía cerrados del todo, sólo entornados, pudo distinguir la sombra de su madre, que abría la puerta, se acercaba y la besaba en la frente.

Luego, de nuevo a solas, pudo ver a través de la ventana la noche de invierno que envolvía con su manto el castillo sobre la roca.

Y allá, en el espejo sobre la pared, la estrella luminosa parpadeaba como haciendo muecas, lanzando un mensaje mágico y misterioso, flotando en el infinito de un universo invisible.

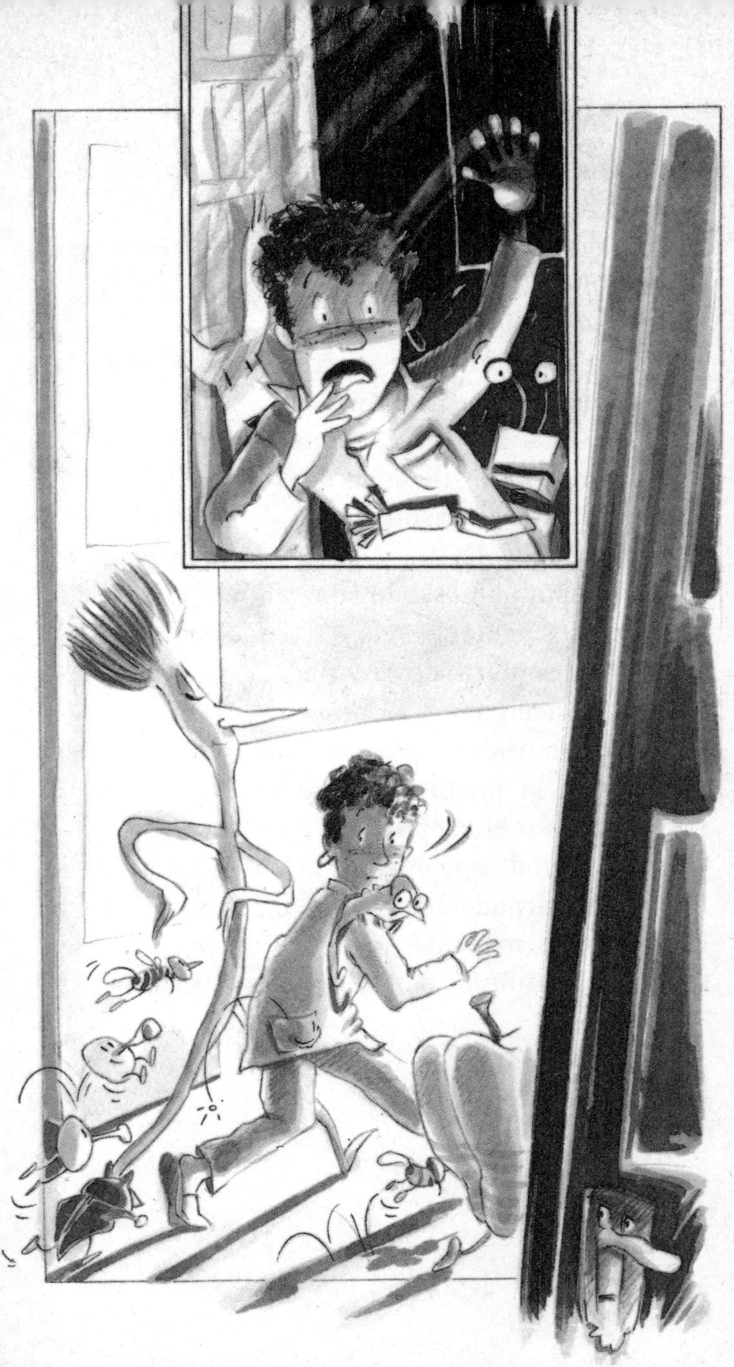

6 El mensaje inexplicable

El día de Navidad pasaron muchas cosas. Comieron turrones de la cesta navideña que le habían regalado al padre de Moira en la oficina. Bolín, patinando en el parque, se torció un tobillo y andaba renqueante, quejándose a todas horas de su vendaje. Moira se enteró de que al primo Rolfi le habían dado un premio de composición en la escuela. Llamó Marilú para decírselo, pues eran compañeros de clase, aunque en realidad la llamada era para hablar con Moira de mil y una cosas.

—El mirlo que todas las mañanas se posa en el tejado de mi casa hoy ha cantado de forma diferente.

—¿Cómo?

Y Marilú, que era muy buena imitadora, se puso a hacer unos extraños ruidos a través del teléfono.

—Ahora es más bonito, ¿no? —quiso saber Moira.

—Sí, parece como si hablara.

—¿Y qué dice?

—No lo entiendo... —y tras una pausa, la amiga añadió convencida—: ... todavía.

Luego hablaron de los juguetes que les habían regalado, de los deberes que tenían que hacer para cuando regresaran al colegio, de la última regañina de mamá por tocar algo en la cocina, de...

Hasta que, de improviso, Marilú preguntó:

—¿Qué soñaste anoche?

Marilú daba por supuesto que Moira había soñado muchas cosas la noche anterior. Y que si no las había soñado dormida, seguramente las habría soñado despierta.

Quedó a la espera de que Moira comenzara el relato como hacía otras veces, con unas palabras que siempre eran las mismas: «Pues anoche mi sueño me dijo...».

Pero tras una pausa, que a Marilú se le antojó demasiado larga, su amiga se limitó a responder:

—Soñé con el castillo.

De ahí no pudo sacarla. Era como si Moira tuviera un secreto que de momento no deseaba compartir con nadie, ni siquiera con ella.

Marilú dijo que tenía que contárselo cuando se vieran personalmente. Moira no respondió ni que sí ni que no, sólo se encogió de hombros, lo que de ese lado del teléfono podía significar «ya veremos», y del otro, tal vez un prometedor «bueno».

Lo cierto es que hasta que la aventura del castillo no llegara a su final, contar una sola parte era como destripar un libro o como jugar con un muñeco incompleto.

Moira aguardó impacientemente a que llegara la noche para enfrentarse con el espejo. Para volver a cambiar de nombre y convertirse en su amigo invisible.

ARIOM NO PODÍA creer lo que estaba viendo.

El castillo por fuera era como todos los castillos. E incluso el patio de armas se parecía al que había visto en películas de época.

Pero cuando Floribundo y don Pimentón abrieron el portón que daba al interior, lo que allí se veía nada tenía que ver con lo que parecía ser el edificio.

Ni piedras, ni armaduras, ni cadenas, ni hachones. Ni siquiera la oscuridad de la noche.

Dentro era la luz, la transparencia y el brillo.

—Ya has conocido el prólogo... —dijo Floribundo tamborileando con sus pinchos de cardo.

—... y ahora empiezan los capítulos —sentenció don Pimentón mostrando con un gesto las páginas que se les ofrecían.

Porque el interior del castillo tenía forma de libro. Las escaleras, en espiral, eran como páginas; los escalones estaban llenos de letras y las paredes representaban las portadas de muchos títulos inolvidables.

En una primera mirada, Ariom pudo reconocer al John Silver de *La isla del tesoro*, al caballero *Ivanhoe* y a la ballena blanca conocida como *Moby Dick*.

Pero aquella impresión, tan grata como desconcertante, rápidamente se vio turbada por la algarabía que armaban los gusarapos al descubrir por los rincones páginas arrugadas que, sin duda, habían escrito los autores y después habían desechado porque no les gustaban.

—Los escritores son muy caprichosos —dijo Floribundo dando una patada a una pelota de papel que contenía un capítulo inacabado de *La vuelta al mundo en ochenta días*.

—A veces tiran a la papelera más de lo que luego publican —añadió don Pimentón, recogiendo la pelota de papel y arrojándosela a los gusarapos, que parecían enloquecidos con tanto desperdicio.

Los pufitos, por su parte, se habían colocado en fila para, caminando en círculo, imitar a una locomotora sin estación donde pararse.

Lo que no estaba muy claro era lo que pretendían hacer los cuincuinos. Cuando sus cuerpos burbujeantes empezaban a adoptar una forma, rápidamente cambiaban como para corregirse y ver si encontraban alguna apariencia que les gustara más.

El camaleón no sabía hacia dónde mirar, y eso que, gracias a sus facultades naturales, podía echar un ojo hacia delante y el otro ponerlo como un retrovisor y ver lo que sucedía a sus espaldas.

Por fin, los cuincuinos aunaron sus esfuerzos para convertirse en un gigantesco guante, que parecía de plástico transparente. Cuatro de los dedos se recogieron cerrando el puño, pero el índice señaló muy claramente un mensaje que había pasado inadvertido entre tantas palabras inmortales.

—¡Mira! —dijo Floribundo espantado, tanto que incluso se le cayó el manto al suelo.

—¡Horripilante! —exclamó don Pimentón agitando sus polvos de picapica, que hicieron estornudar al camaleón. Al estornudar, su lengua se disparó inconscientemente golpeando el cogote de don Pimentón, que pegó un bote asustado.

El mensaje que Ariom leyó en voz alta decía así:

Mañana
Oirás
Imperturbable
Ruido
Atronador

Miró a su alrededor a ver qué efecto habían hecho esas palabras entre sus compañeros. Los pufitos habían dejado de imitar el tren para decirse «puf-puf» desconsoladamente. Los cuincuinos se habían deshinchado como un globo pinchado, y del gigantesco guante no quedaban más que una especie de dedos arrugados. Y los gusarapos tenían todos la boca llena de tantos papeles como querían comerse, a falta de papeleras para arrojarlos; y no podían hablar.

Ariom terminó de leer el mensaje:

Adivina
Rápido
Imaginativamente
O
Morirás

Ariom pensó que si él hubiera sido un héroe de un libro de aventuras, habría desenvainado su espada y, de un tajo, habría partido en dos el mensaje.

¿Amenazas a él?

—Y tú, *Camito*, no te preocupes. Los que ladran mucho, muerden poco.

El camaleón estaba tan asustado que ni siquiera se molestó porque lo llamara con ese nombre que nada le gustaba.

—Tendrás que adivinar —dijo Floribundo tembloroso.

—Y deprisa —añadió don Pimentón.

—Antes de mañana, claro.

—Eso, porque si no...

Floribundo hizo un gesto indicador de que le iban a cortar la cabeza. Y en ese momento, como obedeciendo a una señal, apareció el hombre decapitado.

—¿Dónde está mi cabeza? —decía el magnetófono—. ¿Quién me la ha robado?

Y *plaf*, sin despedirse de nadie, se metió en una de las páginas del libro.

—¡Puf! —dijeron los pufitos, todos a una—. ¡Puf!

Y Ariom dijo sin temblar lo más mínimo:

—Mañana es mañana. Hoy es hoy. Quiero ver lo que hay en las páginas del libro.

—Pues ¿qué va a haber? Letras.
—Palabras.
—Capítulos.

—Veamos uno de esos capítulos —dijo el amigo de Moira rascándose la cabeza, tan roja como las amapolas en los campos.

Todo el mundo pareció olvidarse, al menos por el momento, del mensaje-amenaza para observar a Ariom y a su animal tornasolado.

—¿Qué capítulo prefieres? —preguntó don Pimentón poniendo cara de pocos amigos.

—¿El de las cosas como son o el de las cosas incompletas? —le preguntó a su vez Floribundo con una mueca juguetona.

Ariom quiso saber algo antes de decidirse:

—¿En qué capítulo está el hombre sin cabeza?

—Está bien claro —a don Pimentón le sorprendía que el intruso no supiera algo que, para él y todos los demás, resultaba evidente—: En el de las cosas como son.

La respuesta desconcertó ligeramente a Ariom. Seguramente las cosas tal cual serían más aburridas que las incompletas. Pero al mismo tiempo tenía la sospecha de que la solución del mensaje, e incluso tal vez la mismísima llave secreta, tenían algo que ver con el mundo del descabezado.

Entonces, ¿qué capítulo elegir?

7 Un zoo muy especial

A pesar de todos los pesares, la curiosidad pudo más y Ariom se metió de cabeza en el mundo de las cosas incompletas.

¿Por qué incompletas?

Aquel lugar tenía un aspecto muy tranquilo. Era una especie de granja, pero sin vallas ni alambres de espino. Más bien recordaba lo que podría ser un zoo abierto, sin jaulas.

Ariom pensó en granja o zoológico porque por allí no se veían más que animales. Eso sí, los animales tenían un no se sabe qué extraño. Como cuando ves a alguien que te llama la atención porque existe alguna anomalía en su vestimenta, y tardas un montón en descubrir que es que le falta un botón de la chaqueta.

Pues aquellos animales, que deambulaban cabizbajos, como buscando lo que no encontraban, resultaban ciertamente desconcertantes.

Como desconcertante era la extraña armonía con que parecían convivir los animales domésticos y los llamados salvajes.

Los patos y los pollos pasaban al lado de los lobos y de una pareja de osas polares, con la misma tranquilidad con que las arañas se montaban en el lomo de las ranas.

—¡Hola! —dijo Ariom para no parecer un maleducado.

El camaleón no dijo nada, aunque los ojos habían comenzado a darle vueltas como si fueran las barquillas de una noria. Hasta que su mirada se confundió viendo doble, poniéndose bizco.

—¡Hola! —repitió Ariom, dispuesto a hacer una pregunta que le orientase un poco sobre lo que estaba buscando.

Pero recibió, por toda respuesta, una algarabía de sonidos.

Era normal que los animales dijeran «guau», si eran perros, o «miau», si eran gatos. Pero entonces ¿por qué aquellos patos, en lugar de «cua-cua», repetían insistentemente «za-za-za»?

Las ranas y los lobos parecían reírse: «G... G... G...». Pero en sus caras no se veía asomo alguno de alegría.

Las osas, por su parte, no dejaban de pronunciar la letra R; así como las arañas, abandonando su habitual mutismo, gritaban desesperadamente la M. Erres y emes, emes y erres.

Y al fondo del extraño zoológico, los pollos, en lugar de piar, se miraban unos a otros con tristeza diciendo algo así como «re, re, re».

—Amigo mío —susurró Ariom a la oreja del desconcertado camaleón—, ¿tienes idea de qué quieren decir? Porque en lugar de un capítulo de personajes incompletos, esto parece el mundo al revés. Tú eres animal, como ellos, ¿qué piensas de todo esto?

Al camaleón se le había atragantado la lengua y no sabía qué decir. Además, ¿qué iba a decir si nunca había hablado?

Intentó expresarse de alguna manera, comunicarle a su compañero que él había salido de un álbum de cromos y que, al contrario que aquéllos, había sido bien dibujado; no estaba incompleto, no le faltaba nada. ¡Era un camaleón como Dios manda!

—Lo sé, lo sé —dijo Ariom, que parecía haberle captado el pensamiento—. Pero ¿qué les falta a éstos? Porque hasta ahora sólo noto que hacen ruidos muy raros; y, desde luego, no los que corresponden a su especie.

Caminaron entre ellos con cierta cautela. No querían molestarlos en lo más mínimo, aunque para continuar debían pasar a través de los círculos concéntricos que ellos formaban en sus paseos meditabundos.

Y de vez en cuando:

—Za, za...

—Re, re...

—G... G... G...

—Erre, erre...

—Eme.

Ariom se dijo que lo más importante que hay en un libro son las letras y las palabras. De todas formas, aquél era un raro capítulo que no entendía. ¿Acaso las letras no estaban en su sitio? ¿También aquí había un mensaje misterioso?

—¿Qué haces? —preguntó al descubrir que el camaleón jugaba con un saco cerrado con una cuerda plateada.

Para acercársele, saltó por encima de un pato y de una araña, con tan mala fortuna que tropezó y cayó sobre una osa madre, que le miró con ojos enfurecidos.

—Perdona. ¿Te he hecho daño?

Ariom acarició el blando pelaje del animal hembra, y ya iba a continuar su camino cuando descubrió que las ranas parecían haberse vuelto locas.

Tal vez imitándole, tal vez recordando su auténtica naturaleza, se habían puesto a saltar frenéticamente. Más que ranas a la orilla de una charca, parecían muelles sin orden ni concierto.

Eso sí, nada de «croac-croac-croac», sino el único sonido que parecía salir de sus alargadas bocas: G... G... Y el gesto no era de buen humor, no era un «je, je» risueño, sino que su mirada parecía más bien la de un animal acosado.

Ariom, instintivamente, corrió hacia donde se encontraba su amigo, que intentaba, con sus dedos torpes, abrir el saco. Pero el nudo de plata estaba apretado con fuerza. Ariom hubo de esmerarse para conseguirlo.

Y mientras tanto, el zoo se había transformado en una jungla.

Los patos estaban enfurecidos y los pollos parecían a punto de saltar con sus picos afilados. Las arañas avanzaban implacables destilando su veneno, al tiempo que las osas polares y los lobos mostraban sus colmillos, capaces de convertir en picadillo al más valiente de los valientes.

Ariom midió la distancia que había entre él y el final de aquel capítulo. Por un instante, pensó en escapar, pero sólo por un instante. Porque si él estaba allí era para descubrir cosas, por peligrosas que éstas fueran.

Pero tampoco tenía ganas de acabar en aquel estrambótico zoo.

El camaleón le daba golpecitos con su cola,

como apremiándole a algo. Y no cabía duda de que, fuera lo que fuera a hacer, tenía que hacerlo rápidamente. Porque los animales estaban cada vez más cerca y cada vez parecían más enfurecidos.

Ariom vio cómo avanzaban hacia él los colmillos, las garras, los picos, el veneno... Se apresuró a deshacer el último nudo de la cuerda de plata. Hubiera lo que hubiera allí dentro, tendría que sacarle de aquel apuro. Se lo arrojaría a aquellos feroces personajes del mundo incompleto.

Letras.

Todo lo que había dentro del saco eran letras. Un revoltijo de letras de todos los tamaños y colores. ¿Cómo salvarse con letras? Ariom conocía la existencia de letras para escribir, incluso de sopas de letras. Pero jamás había oído hablar de las letras-proyectil.

Sin embargo, no se lo pensó dos veces. Y, cogiéndolas a puñados, se las arrojó a sus atacantes.

La verdad es que lo hizo justo en el momento en que los animales de raros sonidos habían decidido pasar a la acción. Las osas habían alargado sus patas delanteras repletas de afiladas garras. Los lobos abrían sus fauces llenas de babas y dientes mortales. Las arañas, agrupadas hasta formar un batallón, avanzaban acelerando su ponzoñosa velocidad. Las ranas, por su parte, seguían saltando. Y en el aire estaban cuando las letras cayeron sobre unas y otros.

La acción se paralizó una décima de segundo, como cuando se detiene la imagen en una película. Luego, todo continuó su lógico proceso. Las letras del abecedario cayeron como una lluvia sobre los animales... Y comenzó la prodigiosa transformación.

El camaleón estaba a punto de hacerse transparente, pero se quedó a la mitad, contemplando extasiado lo que se ofrecía ante sus saltones ojos.

Los pollos buscaron afanosamente las letras R y E. Y una vez encontradas, se las pusieron delante, pasando a ser *repollos.*

Los patos hicieron lo propio con la sílaba ZA, y de palmípedas de granja se convirtieron en *zapatos* de todos los números.

Las más liadas eran las arañas, que con una M delante fueron *marañas,* como madejas u ovillos de lana sin principio ni final.

Las osas polares sencillamente hubieron de encontrar su letra R para pasar a ser fragantes *rosas* blancas, rojas, amarillas o de té.

Las ranas lo tuvieron un poco más complicado. Porque aunque la G era la letra que buscaban, una vez ante ellas no las convenció del todo. Una rana con una G delante no es más que un color, el *grana*. Pero ¿qué es un color? Algo abstracto que necesita de alguien o de algo para existir. La solución se la dieron a sí mismas añadiendo a su nueva formación la sílaba DA. Y así, de *rana* a *grana*, y de *grana* a *granada* en un periquete. Un fruto exquisito.

Moira estaba encantada. Nunca imaginó, ¿o sí?, que un saco de letras permitiera tantas posibilidades.

Incluso por la puerta, por el inicio del capítulo, asomaron los compañeros de los otros rincones del castillo: los pufitos, cuincuinos y gusarapos, ahora incapaces de reaccionar ante la maravilla que veían y aún no podían creer.

Pero lo más espectacular vino cuando los lobos dieron con la letra que buscaban para ponerla delante de sus narices. No era la letra de la risa, aunque al pronunciarla lo pareciera. Era la letra que permitía volar, que convertía a un feroz animal en un objeto capaz de flotar por los aires.

Porque un lobo con una G delante se convierte por arte de magia en un *globo*.

Y a él se subieron las granadas y los repollos, los zapatos y las rosas; hasta las liosas marañas.

Luego, ya sólo quedó ascender por los cielos.

—Ohhhhh...

—Ahhhh...

Pufitos y cuincuinos estaban con la boca abierta, y los gusarapos, con los pelos de punta por la sorpresa y la emoción.

Hasta don Pimentón y Floribundo habían asomado la cabeza por el capítulo para ver el número prodigioso.

Pero todos escaparon presurosos cuando el cielo se nubló de repente. Cuando las nubes, por las que se había perdido el globo del extraño zoo, se volvieron negras y amenazadoras. Cuando se escuchó un formidable estruendo que se acercaba.

—¿Qué es eso? —se preguntó Ariom sabiendo que tenía que hacerle frente. Y antes de que el ruido se repitiese, ya conocía la respuesta.

8 La amenaza de los truenos

—¡EL mensaje! —exclamó Ariom, recordando que en él se hablaba de algo atronador. Pero en el mensaje también se decía claramente que el fenómeno tendría lugar al día siguiente: *Mañana Oirás Imperturbable Ruido Atronador...*

¿O acaso mañana era ya hoy?

El amigo se volvió hacia su compañera más allá del espejo. Moira se encogió de hombros al tiempo que le señalaba un calendario.

A Ariom no le dio tiempo a verificar el día, o mejor la noche que era. Probablemente había empalmado dos seguidas sin darse cuenta, ya que en aquel castillo el tiempo pasaba de forma diferente a como pasa en el mundo.

Y entonces... si mañana ya era hoy, el peligro estaba a punto de colocarse sobre su cabeza. El resto del mensaje era más contundente: *Adivina Rápido Imaginativamente O Morirás.*

¿Qué hacer?

El ruido cada vez resultaba más ensordecedor. Ariom se tapó los oídos con las manos, mientras que el camaleón hizo lo propio enroscándose la cola como si fuera un turbante.

No. No, así no era, se dijo el aventurero. Para que todo funcionara como debía, tenía que recibir de forma *Imperturbable* el *Ruido Atronador*, y además *Adivinar Rápida* e *Imaginativamente*.

Ariom notó una mirada fija en su nuca y se volvió.

Moira le enseñaba un cuaderno en el que había escrito un montón de palabras. Pero ¿para qué quería las palabras escritas en un cuaderno al otro lado, cuando allá mismo tenía los cientos de letras que habían sobrado de los incompletos?

Antes de actuar, Ariom miró fijamente a Moira a los ojos.

La niña se había incorporado sobresaltada al escuchar el primero de los truenos.

A través de la ventana, vio la formidable tormenta que se aproximaba al castillo. El cielo nocturno se había cargado de negros nubarrones que ahora comenzaban a ser iluminados por relámpagos. Parecía como si todo un ejército de caballería cabalgara por los cielos haciendo sonar sus tambores.

La lluvia comenzó casi de inmediato; y los gruesos goterones, casi tan gruesos como bolas de granizo, golpearon los cristales uniéndose al estruendo general.

El agua comenzó a resbalar por la ventana, difuminando de esa forma la visión de la tormenta repentina que acababa de cernirse sobre la ciudad.

Primero los rayos, luego los truenos, después el eco de los truenos por los valles.

Y en medio de la oscuridad, los resplandores. Gracias a ellos, Ariom pudo dirigirse hacia donde se encontraban las letras dispersas.

Cuando se hacía la oscuridad, las tanteaba con las manos, preguntándose al toparse con una picuda si se trataba de una N o de una A.

—Y tú, no me mires así ¡y ayúdame! —le dijo de repente al camaleón que, desde la ascensión del globo, se había quedado boquiabierto mirando al cielo.

El verde animalejo hizo lo que pudo, dando la vuelta a las letras invertidas.

Parecía una tontería, pero si no estaban correctamente colocadas, una W se podía confundir con una M; e incluso una S podía pensarse que era una Z.

Mientras Ariom se afanaba por dar respuesta al mensaje colocando las letras en el suelo, como en un enorme crucigrama, no dejaba de pensar en la aventura que le estaba tocando vivir.

En los castillos suele haber fantasmas o reyes, o incluso dragones. Pero tantas y tantas letras capaces de hacer magia... La verdad es que, cuando lo contara, ¿quién le iba a creer?

—¡Venga, venga! —exclamó Moira nerviosamente. En su cuaderno de caligrafía había escrito montones de palabras buscando una solución al mensaje.

Y de repente, al separar las iniciales de las demás letras, había comprendido su significado. Era tan sencillo que podía resultar difícil.

Eso era lo que le mostraba a Ariom y que éste aún no había conseguido descifrar.

...añana ...irás ...mperturbable ...uido ...tronador ...divina ...ápido ...maginativamente ...orirás.

—¡Pásame la letra erre! —le pidió Ariom a su compañero. Y el camaleón se la ofreció pegada a la punta de su lengua—. Y ahora me falta, me falta...

El ruido era espantosísimo. Y lo peor era que Ariom lo debía soportar como si no existiera, indiferentemente. De otra forma, por mucho que se esforzara, la solución carecería de efectividad.

En el cielo del capítulo, las nubes electrizadas

habían comenzado a agruparse, para formar un único y gigantesco nubarrón del que, sin duda, saldría un único y gigantesco rayo.

Cuando los elementos se pusieran de acuerdo y ese rayo cayera con todas sus fuerzas, Ariom no tendría nada que hacer. Y tanto él como su fiel compañero se convertirían en brasas, rescoldos y pavesas.

—¡Venga! —le animó Moira—. ¡Lo vas a conseguir!

Ariom colocó la última letra de la primera parte, que al mismo tiempo era la primera de la última.

—¡Ya lo sé, ya lo sé! —exclamó Ariom pegando un salto. Cerró los puños con determinación y contempló las dos palabras escritas en el suelo. Para ello, había utilizado únicamente las iniciales del mensaje.

Y estas iniciales componían dos nombres muy conocidos para él: MOIRA y ARIOM.

Los pronunció en voz alta, declamando como lo haría un actor en la función de estreno.

—¡MOIRA! ¡ARIOM!

En ese mismo instante, el gran rayo brotó de las nubes, pero no pudo llegar al suelo. Las palabras del aventurero habían frenado el maleficio.

Sin embargo, su fuerza eléctrica era tan grande que no podía desintegrarse como si nada hubiera pasado. Al contrario, su energía explotó en el aire, convirtiéndose en lo que parecían maravillosos fuegos artificiales.

Maravillosos para el que no tuviera que soportar sus efectos. Por ejemplo, el globo y sus ocupantes.

El aerostato comenzó a dar bandazos a diestro y siniestro, mientras a su alrededor saltaban las chispas incandescentes. Una de esas chispas, una sola, rozó la superficie esférica del globo, convirtiéndolo rápidamente en una bola de fuego.

Y como un meteorito cayó a tierra.

Ariom y su compañero hubieron de apartarse para no ser aplastados. Echaron a correr hacia el párrafo-puerta de salida.

Antes de abandonar definitivamente aquel lugar, Ariom se volvió para dar un emocionado adiós a sus descompuestos amigos. El último adiós.

Pero nadie había perecido en la catástrofe. A pesar de que por todas partes se veían llamas, éstas se iban apagando con el aliento de los personajes que habían vuelto a ser incompletos.

Así, los zapatos habían vuelto a ser lastimeros patos. Y los redondos repollos, pequeños y piantes pollos. Las rosas crecieron hasta transfor-

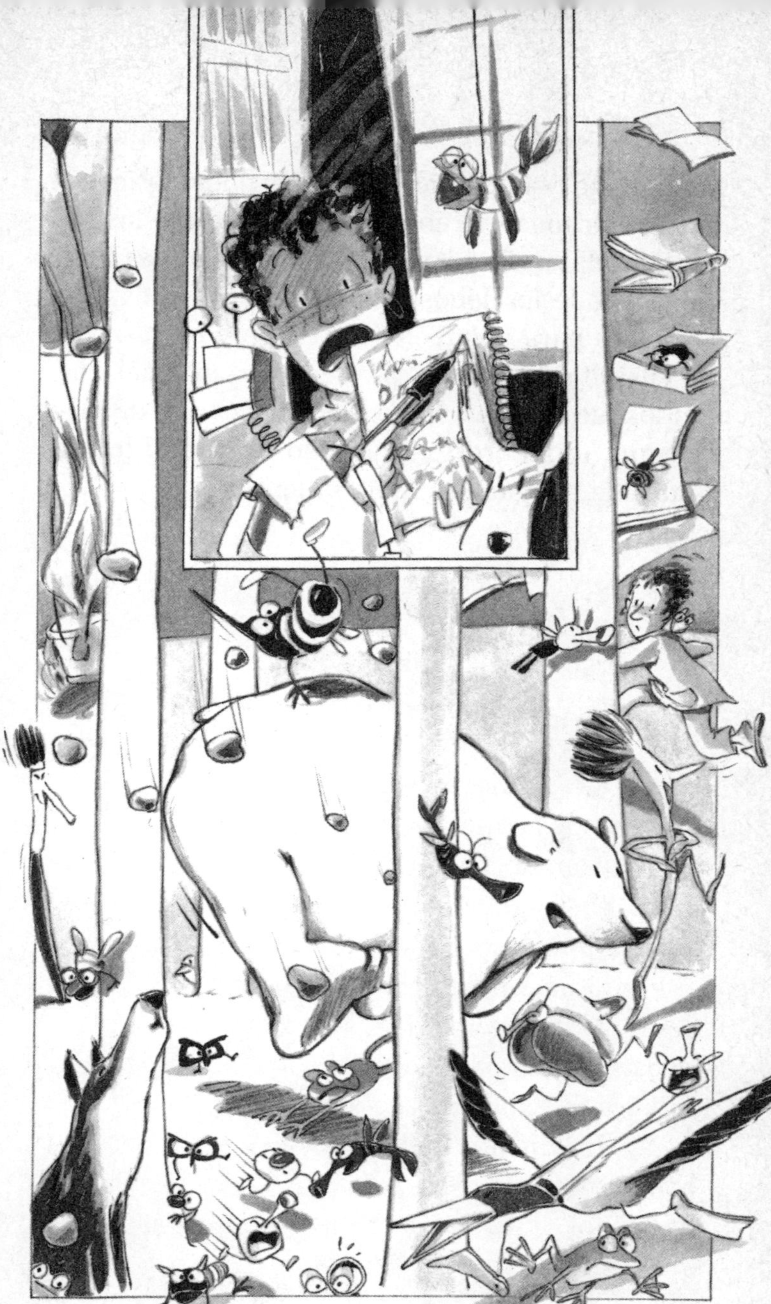

marse en osas polares. Y las granadas primero fueron granas y acabaron croando como las ranas. Todo en la formidable maraña de las arañas, donde los lobos aullaban sus perdidas facultades para volar.

Las últimas chispas pirotécnicas, al igual que en los fuegos artificiales, fueron lágrimas de plata, que inundaron el capítulo de rutilante luz antes de apagarse definitivamente.

9 Últimas noches del año

MOIRA llamó a Ariom.

—Ahora tienes que volver, por favor...

Siempre que la niña escuchaba los pasos que se acercaban a su dormitorio, hacía la misma llamada.

A Ariom cada vez le divertía menos tener que interrumpir su aventura porque los mayores se metieran en sus cosas.

—Es que si no vuelves ahora —le explicó Moira con preocupación—, puede que tengas que quedarte en el castillo para siempre.

Ariom se lo pensó e incluso llegó a consultarlo con su fiel compañero.

—¿Te apetece vivir aquí hasta el final?

Pero ¿cuál era el final? ¿El final de sus vidas? ¿El final del libro? Respecto al libro, el amigo de Moira recordó que allá, para el epílogo, había un capítulo desconocido que sólo se podría leer gracias a una llave secreta. En ese caso, ahí estaba la respuesta. Habrían de permanecer en el castillo hasta dar con la susodicha llave y abrir la misteriosa puerta.

El camaleón había comenzado a enrojecer, lo que era señal no de rubor, sino de peligro.

—¿Peligro? —preguntó Ariom—. ¿Qué peligro?

Le respondió la niña al otro lado del espejo:

—Ya te lo he dicho. Si abren la puerta antes de que hayas regresado, es posible que no podamos volver a hablar nunca más.

A Ariom le hubiera gustado preguntar por qué. Pero también hasta allí llegaban los ecos de las pisadas que se acercaban a la puerta de madera.

Corrió hasta el espejo, alargando su mano para que su palma se pegara a la de su amiga.

Afuera había dejado de llover. La tormenta se estaba alejando camino del mar para mezclar las aguas de la lluvia con las de las olas. Y la calma había vuelto a la ciudad, toda ella tenuemente iluminada por la luz de la luna que, sin demasiada dificultad, se reflejaba coqueta en los muchos charcos que había dejado como recuerdo la tormenta.

Así pasó una noche y otra noche, acercándose cada vez más ese momento en que el año dice definitivamente adiós el 31 de diciembre.

Los días previos habían sido de agitación en la familia de Moira. La compra de la copiosa cena de nochevieja. La puesta a punto del reloj de pared que, como era tradicional en su familia, era el que daba las campanadas al unísono con las de la televisión. E incluso la compra de las cadenetas y farolillos para reponer los deteriorados en los últimos días, acompañados de vistosas bolas de cristal coloreado.

Moira estaba de un estupendo humor. Y cuando le preguntaban el motivo de su alegría, ella respondía sencillamente que era muy feliz.

Sus parientes e incluso sus amigos creían que era debido a las vacaciones. Ella guardaba todavía el secreto de su amigo invisible. Le costaba un montón, porque lo cierto es que estaba deseando compartirlo por lo menos con Marilú. Pero ¿y si por hablar antes de tiempo jamás conseguía dar con la llave y, consecuentemente, con la puerta secreta?

Cuando le preguntaban en qué estaba pensando, Moira sonreía deseando única y exclusivamente que llegara la noche mágica.

La noche de fin de año es quizá la noche más larga del año. Casi nadie se acuesta temprano, muchos son los que se quedan para ver amanecer, y hasta los programas de televisión se prolongan horas y más horas, como si fueran una especie de campeonato para ver quién resiste más.

Bolín se sabía de memoria lo que iban a dar en la pequeña pantalla y lo repetía una y otra vez para el que quisiera escucharlo.

Marilú le había dicho a Moira por teléfono que esa noche, justamente cuando sonara la última campanada, formularía un deseo. Si ella hacía lo mismo, luego podían contárselo, a ver si alguno se realizaba.

PERO LO MÁS SIGNIFICATIVO de aquella jornada fue que, al caer la tarde, el cielo comenzó a encapotarse. Poco a poco, las nubes se estiraron como si fueran de algodón dulce. Y a las pocas horas, de ellas sólo quedaba el recuerdo, pues todo el cielo estaba completamente cubierto, pero como si se tratase de un telón, o como si le hubieran dado unas manos de pintura gris.

No se veía el cielo, ni las estrellas ni, por supuesto, la luna. E incluso, incluso el castillo comenzó a difuminarse.

—¡Oh, no! —suplicó Moira—. Esta noche no.

¿Qué iba a pasar si el castillo se quedaba envuelto por la niebla?

Pero afortunadamente el manto que cubría la ciudad de Moira no era un manto de niebla o de bruma.

Poco a poco, comenzó a desintegrarse en millones de partículas blanquecinas. En un principio, las partículas parecían flotar caprichosas hasta caer al suelo, donde se desvanecían mágicamente.

Eso duró sólo unos minutos, porque casi enseguida las gotas se transformaron en sólidos copos. ¡Estaba nevando!

Los primeros se estamparon contra el cristal de la ventana del dormitorio de Moira. Pero muy poco tiempo tuvo Moira para disfrutar de las imágenes que se veían a través de ellos.

—¡Moira, a cenar!

Estaba deseando regresar al castillo, a ese castillo que ahora se estaba quedando blanco. Hermoso y cada vez más misterioso.

—¡A cenar!

No podía escabullirse. Una cena de adiós al año que se va y de hola al año que viene no puede evitarse.

Pero luego vendría la gran noche de San Silvestre y ella podría regresar a su habitación, mirar al espejo y pedirle a Ariom que le contase todo lo que había en el capítulo en que las cosas son como son.

10 Un mundo loco, loco

Ariom había pensado que cuando las cosas son como son, el mundo resulta un tanto aburrido. Y puede que así fuera en otras partes, pero no en el castillo nevado.

Ya se podía ver por el título: «Aquí las verdades son como puños». Y lo cierto es que había puños de todo tipo y tamaño. Manos cerradas, manos enguantadas como para boxear, manos juguetonas infantiles, manos airadas de protestones. Puños que eran verdades.

Todos parecían locos. ¿Acaso las cosas normales eran tan locas como parecían?

Uno, por ejemplo, iba a todas partes corriendo con una silla a cuestas.

—Me voy, me voy —repetía sin cesar a todo el que quisiera escucharle.

—Pero ¿adónde te vas? —quiso saber Ariom.

—¿Adónde me voy a ir? —respondió el otro mostrándole la silla—. ¿Adónde me puedo ir?

—¡A Sevilla!

Y como no quería perder su silla, cargaba a todas partes con ella.

En uno de sus giros, tropezó con alguien que le soltó sin más ni más:

—Oye, ¿tú eres Abundio?

—Yo no —respondió el de la silla—. ¿Y tú?

—Si yo fuera Abundio, no lo estaría buscando. Porque soy tonto, pero no tanto. Además, cuando encuentre a Abundio seré un poco menos tonto.

—¿Por qué?

—Porque no hay nadie más tonto que Abundio... —se quedó un momento pensativo para añadir con cierta duda—: ¿O sí?

Ariom avanzó por en medio del capítulo, mientras su camaleón adquiría un color anaranjado, nuevo por completo para él. Seguramente se trataba del color de la sorpresa.

Por el fondo del lugar, un personaje andaba muy despacito, y a sus pies había enormes charcos de claras y yemas. Ariom no comprendió lo que hacía hasta ver que de una cesta iba sacando huevos que colocaba delicadamente en el suelo antes de aplastarlos.

—¿Por qué haces eso?

—Porque voy a todas partes pisando huevos.

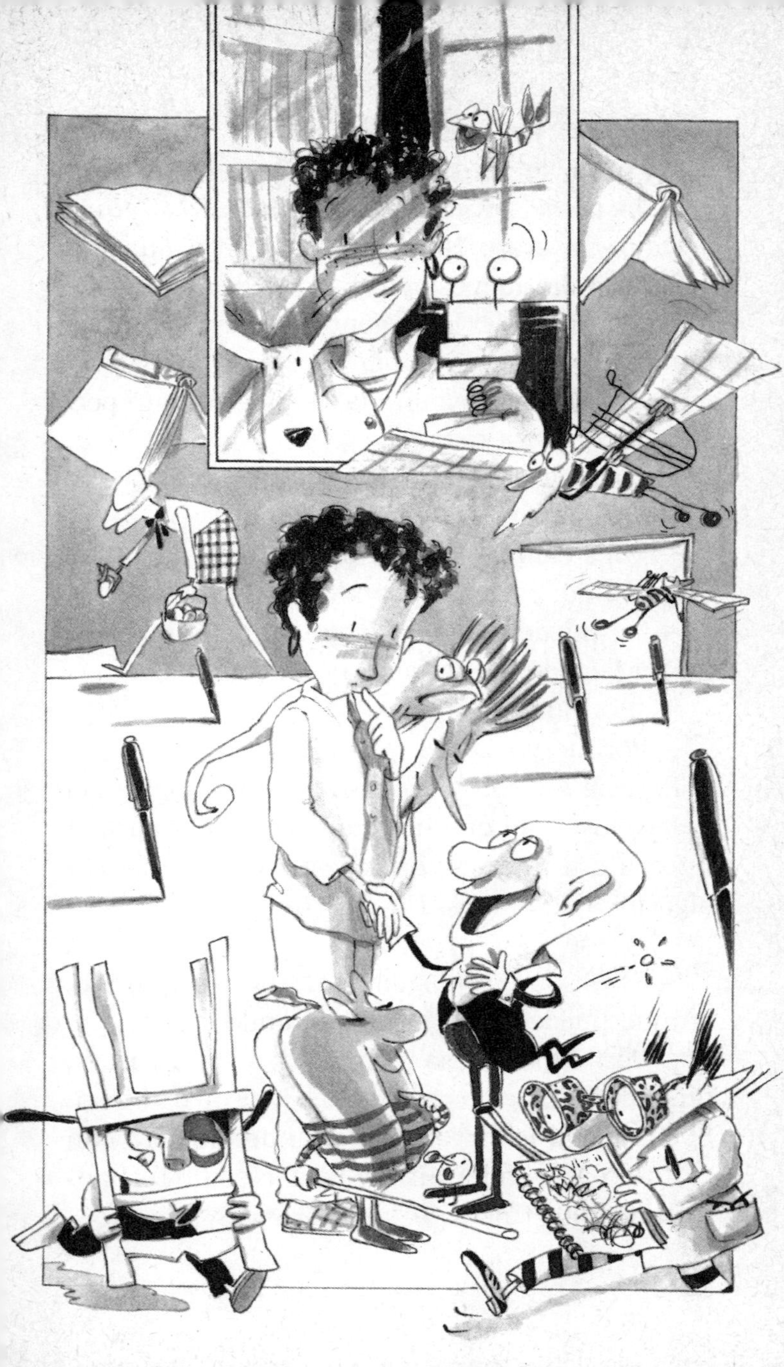

A Ariom le pareció que era uno de los seres más locos de aquel lugar en el que las cosas eran como eran. Una cosa era decir que uno «iba pisando huevos» y otra muy distinta pisarlos de verdad, con la de gente que hay que tiene hambre.

—¿Ha llegado la mañana? —preguntó un personaje con cara risueña.

—Todavía no, ¿por qué?

—Porque tengo ganas de cantar.

—Pues canta —le dijo el niño pelirrojo que, en el fondo, estaba deseando oír una canción.

—No puedo —dijo el otro compungido—. Si no ha llegado la mañana, no puedo.

—¿Por qué?

—Porque yo soy un cantamañanas.

Parecía lógico. Pero era un poco la lógica del despropósito. El que no tenía problemas para la música era uno que organizaba una verdadera algarabía de pitidos. Un gaitero.

—¿Y ése?

—Ése es un soplagaitas. Tiene más suerte, porque puede hacer música cuando quiere.

—Pero... pero ¿eso es música? —dijo Ariom, tapándose los oídos y alejándose a otro rincón. El camaleón le imitó y, al igual que hiciera con el Ruido Atronador, utilizó la cola como turbante contra los ruidos.

Más tranquilo estaba uno que fijaba su mirada perdida en un reloj sin manecillas.

—¿Qué hora es? —le preguntó Ariom, aun a sabiendas de que no podía responderle nada concreto.

Pero el otro sí que le respondió algo evidente:

—No lo sé, porque por aquí no pasa el tiempo.

—Pues ¡vaya!

Ariom se quedó pensativo, imaginando qué era lo que podía hacer en aquel capítulo para no desentonar. Sólo pasando inadvertido podría investigar sin llamar la atención.

Estaba tan abstraído que no se fijó en el que caminaba a su lado. Era un personaje con los pelos de punta, revueltos, gafas de culo de vaso y un bloc de notas lleno de garabatos en las manos.

—Oye —le preguntó—, ¿tú eres Matarile?

—No —respondió Ariom abstraído. Además, ¿cómo iba a ser él Matarile? Tal vez Moira conocía a alguna persona con ese nombre. Ya se lo preguntaría cuando la viera.

Moira estaba sentada sobre la cama. Movía la cabeza de un lado a otro, tal vez negando que ella conociera a nadie llamado así, o tal vez queriendo indicar que todo el mundo conocía a Matarile y que tenía que ver con algo que precisamente Ariom intentaba descubrir. ¡Allí estaba la clave del secreto!

El resplandor, a través de la ventana, era cada vez más blanco. La luna había asomado tímidamente entre jirones de nubes, acariciando con su mirada los copos acumulados.

«Pregúntale, habla con él, no le dejes que se vaya», quiso decir Moira, pero no le dio tiempo. El de los pelos de punta arrancó una de las páginas de su bloc, hizo un gurruño con ella y la arrojó furiosamente al suelo mientras se alejaba.

Ariom no tuvo tiempo de nada. Casi inmediatamente, se vio rodeado por seres gritones y enloquecidos.

—¡Caca!
—¡Basura!
—¡Pedorreta!
—¡Guarrindongo!

Los gusarapos estaban tan nerviosos que no acertaban a hacerse con la pelotilla de papel. Uno la cogía y parecía estar a punto de devorarla, cuando se le caía de la boca por decir uno de sus improperios. Otro la recogía para empujarla hacia una papelera, pero con tal temblor que era él quien acababa en la papelera, de cabeza, pero sin el papel.

Vistos desde fuera, parecían estar jugando a

la pelota. Y así debieron de interpretarlo los cuincuinos, pues adoptaron forma de portería, con la esperanza de que les metieran un gol, que es el momento más emocionante para todas las porterías de fútbol que se precien.

—Puf-puf... —dijeron los personajes locomotora, acompañando a Floribundo y don Pimentón, que se acercaban con pompa y majestad.

—¿Qué tal? —preguntó el que echaba los polvos de picapica cada vez que se movía.

—¡Atchís! —respondió Ariom estornudando, y al instante fue imitado por su inseparable camaleón, al que los ojos se le hicieron chiribitas.

—¿Qué has descubierto? —quiso saber ansioso Floribundo, agitando su penacho azulado.

—De momento, que la cabeza me da vueltas. Primero los de las cosas incompletas, y ahora los que hacen las cosas al pie de la letra. ¡Qué lío!

—Las letras son las bases de un libro.

—Con las letras se escriben las palabras y las frases y...

—¡Un momento! —exclamó Ariom, haciéndoles callar. Bien claro tenía él cómo se escribía un libro. Todos los allí presentes formaban parte de un libro: él, el camaleón, los cuincuinos, el castillo, la aventura... Incluso el hombre sin cabeza, que una vez más pasó por allí lamentándose de su pérdida.

—Me dijisteis que había perdido la cabeza por... —quiso confirmar Ariom. Tal vez en el motivo podía encontrar la solución al problema. Porque si de algo estaba convencido era de que, al igual que una serie de letras diferentes podían formar una frase, todos los personajes de aquel libro imaginario tenían que ver unos con otros, aunque no lo pareciera. Y la llave buscada estaría relacionada con el descabezado, por ejemplo.

—¿Por qué perdió la cabeza?

—Por ver mucho la tele —dijo Floribundo, señalando con un dedo hacia no se sabía qué.

—La tele le ha robado la cabeza y por eso anda como alma en pena, con su magnetófono en la mano —remató don Pimentón con cierta tristeza.

Ariom dio un repaso a lo que le había sucedido desde que se metiera en aquel capítulo de cosas auténticas. Por ejemplo, había visto a un hombre para el que no pasaba el tiempo.

—Claro, con un reloj sin manecillas...

También había uno que deseaba que llegara la mañana para poder cantar.

—Con lo mal que lo hace, todos temernos que amanezca —dijo don Pimentón con desdén.

—Además —explicó Floribundo—, canta tan rematadamente mal que siempre llueve. En otro lugar sólo sería un dicho, pero es que aquí llueve de verdad. Y ya estamos hartos de mojarnos cada mañana.

—Más cosas. Uno buscaba a un tal Abundio.

—Ése es un soñador —dijo el del pelillo azul—. Se cree que cuando le encuentre va a dejar de ser tan tonto como es.

—Y lo cierto es que es menos tonto de lo que parece. Ya que sabe a quién tiene que buscar y cómo se llama.

Ariom descartó al que iba pisando huevos, que ahora estaba caminando muy cerquita de otro que llevaba unas botas de plomo en los pies. Y también se dijo que, al menos por el momento, el soplagaitas estaba descartado, aunque en esos momentos hacía un singular dúo con un tal don Nicanor que no paraba de tocar el tambor.

—¡Matarile! —exclamó, pegando un salto.

—Yo no soy Matarile —dijo Floribundo, dando un paso atrás con cierto susto.

—A nadie conozco con ese nombre, que me registren —protestó don Pimentón montándose en el último de los pufitos con la intención de alejarse de allí lo antes posible.

—¿Qué os pasa? ¿Por qué tenéis miedo?

—Ariom pensaba que aquél podía ser el buen camino—. ¿Sabéis algo que no me queréis decir?

El camaleón comenzó a hacerse transparente.

—Venga, hablad, que no nos va a comer nadie.

Ariom estaba equivocado. Por el fondo del capítulo se escuchó un extraño chasquido, parecido al de las mandíbulas cuando se abren y cierran, parecido al de los dientes cuando chirrían o se ponen a masticar.

11 El monstruo de fuego

—Esto se acaba.
—Es el final.
Floribundo y don Pimentón no parecían demasiado alarmados al decir esto. Más bien tenían aspecto de un poco desilusionados por la llegada del amenazador personaje.

—El monstruo —explicaron— siempre aparece en el capítulo final.

—Después se cierra el libro y nos aburrimos como ostras.

Unas ostras que estaban disimuladas en una esquina, entre paréntesis, se pusieron a bostezar llamativamente.

Pero a Ariom, el monstruo que avanzaba no le parecía tan inofensivo como a sus amigos. ¿Tal vez porque sólo atacaba a los intrusos?

El camaleón sintió tanto miedo que se hizo transparente y desapareció por completo. Ariom, por su parte, se dispuso a la lucha.

Los capítulos finales suelen ser los más emocionantes de los libros. El amigo de Moira cogió el cinturón de tela que sujetaba su pijama y se lo colocó como una cinta en la frente, atada como la llevan ciertos guerreros japoneses.

En ese instante, sintió un calor muy intenso y hubo de llevarse la mano a la cara para proteger sus ojos.

—¡Un dragón!

Estaba frente a ellos, con los ojos incandescentes, echando humo por las narices y, de vez en cuando, llamaradas por la boca. A su lado, encadenada, aparecía una princesa.

Junto a Ariom surgió en el suelo un charquito de pis. El camaleón podía volverse invisible, pero con el miedo se le habían aflojado los grifos y se lo estaba haciendo por las patas abajo.

—¡Vamos, vamos! —exclamó Moira desde el otro lado, identificándose tanto con el momento de peligro como si ella misma estuviera dentro del castillo. En su frente, como por arte de magia, había aparecido una cinta de tela que le daba un cierto aspecto de decidida luchadora.

Los pufitos habían dirigido su locomotora en dirección opuesta a la amenaza, mientras los gusarapos temblaban con sus pelos acaracolados.

Los cuincuinos, por su parte, comprendieron que debían estar al lado de Ariom. Y como obedeciendo a una orden común, se transformaron en un caballo blanco, en un escudo y una espada.

—¡Venga, valiente! —susurró Moira en voz baja, sin perder de vista a su hermoso caballero andante.

Ariom blandió la espada mientras protegía su cuerpo con el escudo y espoleó al caballo, que lanzó un relincho al tiempo que se encabritaba.

—¿Lo conseguirá? —preguntó Floribundo a su compañero mientras se envolvía en su manto.

—Si alguien puede..., es él —afirmó don Pimentón aguantándose las ganas de estornudar.

—Y si lo hace..., entonces... —Floribundo no se atrevía a decir lo que pensaba. ¡Le parecía tan hermoso como imposible!

Pero lo dijo Moira como si fuera un pensamiento en voz alta, mientras se escapaba el aire por su diente mellado:

—Entonces seréis libres. ¿No es eso lo que queríais?

—¿Quién ha dicho eso? —preguntó Floribundo sorprendido.

Don Pimentón se volvió hacia el espejo que tenía a sus espaldas e iba a añadir algo más, cuando se estremeció con el nuevo, y más imponente, rugido del dragón.

De su boca salió una lengua de fuego que rebotó con el escudo de Ariom.

—Eres el monstruo-barbacoa, ¿eh? Pues no te dejaré que me ases como si fuera una patata.

El niño agitó la espada trazando con ella un semicírculo, que dejó en el aire, por unos instantes, centellas incandescentes. Era como si llevara una bengala defensiva, afilada y puntiaguda. La princesa, emocionada, ni siquiera podía llorar.

Zasssssssssss... Zassssssssss...

El caballo retrocedió unos cuantos pasos para, seguidamente, lanzarse a todo galope contra el dragón.

Ariom lo espoleaba animándolo con gritos que se repetían, como eco, por todas las páginas de aquel capítulo.

Sobre el charquito de pis, el camaleón comenzó a adoptar su color hoja de árbol, midiendo bien la distancia que había entre él y el peligro. Fuera como fuera, no podía dejar solo a su compañero. Tenía que ayudarle, aunque de momento no se le ocurriera cómo.

Zasssssssssss... Zassssssssss...

La espada cuincuina cada vez se acercaba más a su objetivo.

—¡Adelante! —exclamó Ariom dando con los

talones en los flancos de su caballo—. ¡Te salvaré! —prometió a la princesa.

El encontronazo fue formidable.

Por unos instantes no se vio más que polvo y humo. El polvo de la cabalgada unido al humo que expelía el dragón por sus narices.

Y en medio de la polvareda, sólo se escuchaban el rugido y el relincho, el *zas-tris-tras* y los murmullos de aliento.

Floribundo estaba tan nervioso que no paraba de darle pescozones a su amigo don Pimentón. Pero éste ni siquiera lo sentía, ya que toda su concentración se centraba en la contienda; incluso su color escarlata había palidecido.

El camaleón enroscó su cola disponiéndose a saltar. Cuando lo hizo, no sabía dónde se metía; tal era la confusión y tan poca la visibilidad.

Era como una nube, con olor a azufre y calor de fuego. Pero la sensibilidad de su lengua le orientó bien.

Pegó un chupetón en el ojo izquierdo del dragón y lo dejó momentáneamente tuerto.

Ése fue el momento que utilizó Ariom para descargar el golpe definitivo. Un dragón es un animal magnífico y un rival digno de tal guerrero. Pero las reglas del juego eran así. O el dragón o él.

El bramido hizo temer que se derrumbara el

castillo, aunque simplemente cayeron algunos montoncillos de la nieve acumulada en sus almenas.

Después vino el silencio.

Cuando Ariom emergió sudoroso de la humareda, ni siquiera escuchó aplausos. Tampoco los necesitaba. Había hecho lo que tenía que hacer, incluso con cierta pena por el mitológico animal.

—Ahí tenéis a vuestro dragón —dijo señalando a su espalda. Pero cuando se volvió para contemplar su trofeo, comprendió por qué los habitantes del castillo habían enmudecido.

Donde tenía que estar el dragón muerto, había ahora una especie de enorme careta, que en cierta medida recordaba un poco al gigante contra el que había luchado, sí; pero ahora ya no era un dragón, sino una puerta.

—La puerta... —musitó Floribundo tembloroso.

—La puerta secreta —afirmó don Pimentón.

El camaleón miraba con sus ojos para todos lados, como preguntándose la causa de tal prodigio.

Hasta la puerta se aproximaron los habitantes del castillo, para contemplarla primero y rozarla después con cierto temor y reverencia.

Pero Ariom estaba ocupado en romper las ca-

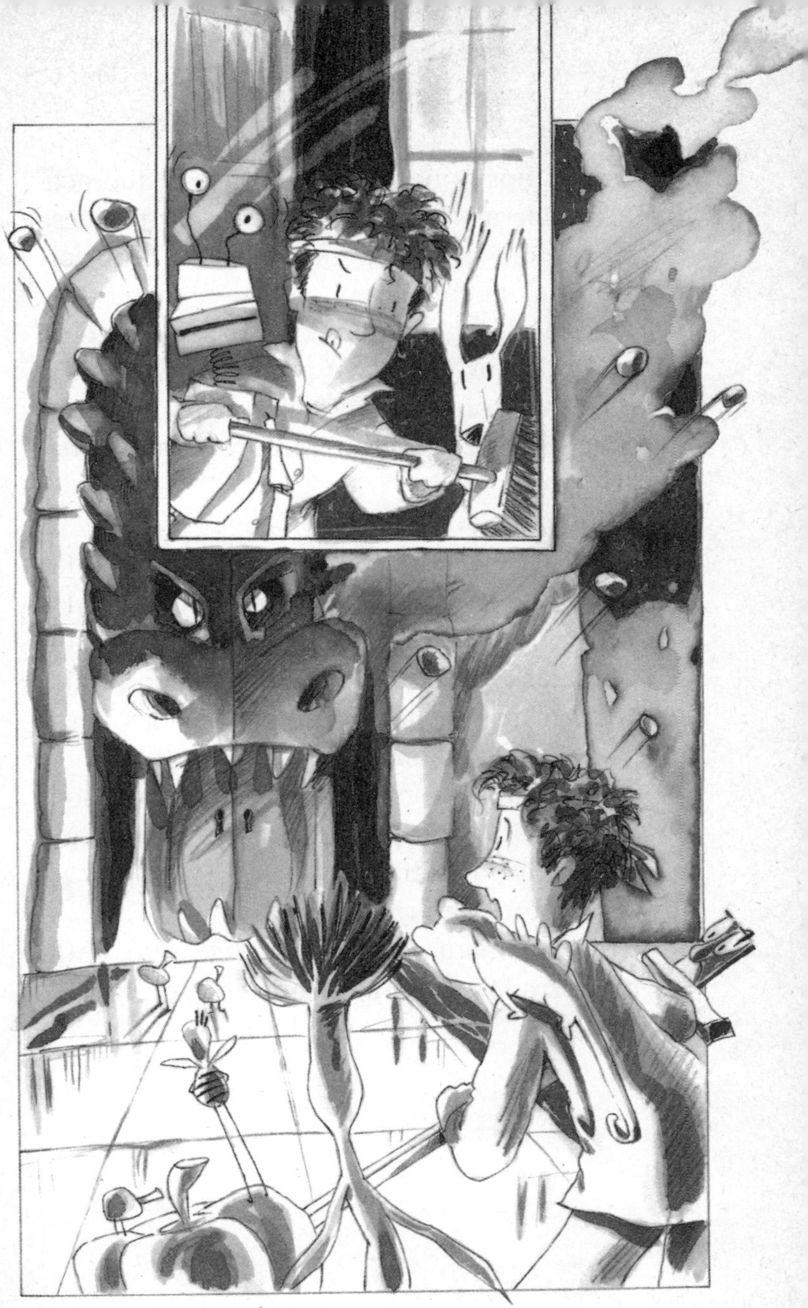

denas que aprisionaban a la princesa que acababa de liberar. Afortunadamente, la princesa seguía siendo princesa, no se había transformado como su carcelero.

Moira sintió un poquito de pelusa al ver cómo su amigo la abrazaba, y a punto estuvo de hacerle volver con cualquier pretexto. Luego se dijo que los juegos son más emocionantes si tienen riesgos.

Ya había dejado de nevar.

—Gracias —dijo la princesa quitándose unas lágrimas que se le habían quedado congeladas en las mejillas y ofreciéndoselas a su libertador.

—Gracias —respondió Ariom al coger los diamantes en que se habían convertido las lágrimas—. ¿Cómo te llamas?

Al escuchar el nombre de la princesa, Ariom sintió un escalofrío. Temeroso de haber oído mal, se lo hizo repetir.

—Me llamo Matarile.

En ese momento supo que el secreto de la puerta cerrada estaba al alcance de su mano.

12 La llave dorada

Ariom descendió de su caballo, que inmediatamente recuperó su forma de cuincuinos.

Todos, pufitos, gusarapos, Floribundo y don Pimentón, contemplaban un tanto atónitos la puerta con cierto aspecto dragonil.

—Estamos en el epílogo —dijo uno de ellos.
—Es la puerta del epílogo.
—La puerta secreta.
—Pero ¿qué hay detrás de la puerta secreta?
—Para saber lo que hay detrás de la puerta, antes habrá que abrirla.

El camaleón, que ya había recuperado definitivamente su color, trepó hasta el hombro derecho de su compañero. Ariom miró a la princesa. Había en ella algo que le recordaba a su amiga Moira, pero en ese momento no estaba para comparaciones. Sólo quería saber una cosa.

—Por favor, dime, Matarile, ¿sabes dónde está la llave?

—Todo el mundo sabe —respondió la princesa— que yo sé donde está la llave. ¿Acaso lo desconoces?

—Quiero que me lo digas tú, por favor —insistió el caballero andante, clavando su espada imaginaria en el suelo y despojándose de su escudo. ¿Dónde está la llave?

—En el fondo del mar —respondió Matarile con una sonrisa, que dejó al descubierto la mella de uno de sus dientes.

Ariom miró a todas partes intentando descubrir el mar. Sin embargo, en aquel capítulo el autor parecía haberse olvidado de poner la playa, las olas, la inmensidad del océano.

—Dime una cosa, Matarile: si el mar no aparece, ¿dónde...?

Pero la princesa no podía contestar, ya que había iniciado su camino hacia otra historia en la que hubiera un nuevo castillo, un nuevo dragón y, posiblemente, un nuevo caballero libertador.

Ariom se dijo que si había llegado tan lejos, no podía ahora renunciar sólo porque el mar no apareciera a primera vista.

—¿Qué te parece que hagamos, *Camito*?

El camaleón respondió, incómodo, con un lametón pringoso. Si hubiera podido hablar con palabras humanas, habría dicho que ya estaba harto de que lo llamasen con ese nombre en diminutivo. En el fondo, él hubiera deseado ser un dragón. No un dragón como el que acababa de luchar contra su amigo. Sino un dragón afable, capaz de asustar a los cobardicas, pero incapaz de hacer daño a nadie.

—Llámalo *Dragón* —susurró Moira un poco nerviosa, porque se iba aproximando la mañana y quería saber lo que había al otro lado de la puerta secreta.

—¿Prefieres que te llame *Dragón?* —preguntó Ariom. Al ver la alegría de los ojos de su compañero, que comenzaron a girar como ruletas en diferentes direcciones, afirmó—: Pues te llamaré *Dragón*. Pero ahora tenemos que encontrar el mar, ¡y rápido!

Dragón se puso a dar saltos, a correr como no solía hacerlo —porque los camaleones son muy lentos en sus movimientos—, pasando deprisa de página en página por aquellos libros que contaban peripecias marinas.

De *Capitanes intrépidos* a *Los hijos del capitán Grant,* sin olvidar las aventuras de *Robinson Crusoe.*

Pero Ariom, mientras su compañero se enloquecía, tenía los ojos fijos en aquellos que eran capaces de transformarse, tan pronto guante como cabalgadura.

—Por favor, amigos, ¿podríais convertiros en un mar? —preguntó a los cuincuinos, y éstos, rápidamente, tras una corta deliberación, formaron un suave oleaje.

Moira sonrió.

Ariom también, al darse cuenta de lo hermoso que era transformar palabras en imágenes, en ideas y en ilusiones.

—Ya tenemos el mar.

Ahora habría de bajar al fondo para encontrar la llave.

No se lo pensó dos veces.

Mientras los silenciosos espectadores aguantaban la respiración, como hace el submarinista para poder bucear, Ariom se lanzó de cabeza a las aguas.

Le sorprendió, en una primera impresión, no sentirse mojado. Bien es cierto que un océano cuincuino no tenía por qué ser como otros océanos. Pero bien pronto se olvidó de esa pequeñez cuando notó que, a pesar de que bajaba y bajaba y bajaba, no conseguía tocar fondo.

Y, lo que es peor, las fuerzas comenzaban a fallarle, los pulmones necesitaban aire puro para respirar. Hubo de subir a la superficie.

Fue recibido con una salva de aplausos que,

casi inmediatamente, calló al comprobar que el niño de la cinta en la frente no había conseguido su objetivo.

Ariom tomó aire para sumergirse de nuevo. Esta vez tenía que dar con el lugar donde se encontraba la llave. ¡Allí! Allí aparecía el tranquilo fondo del mar.

Con los ojos abiertos como monedas relucientes, Ariom detuvo sus brazadas ante un extraño señalizador de caminos marinos. Tres flechas y tres direcciones. Parecía ser que para alcanzar el preciado objeto tendría que elegir una de las tres. Y, lo que era más importante, elegir bien. Porque si fallaba era posible que los cuincuinos se cansaran de aquella apariencia acuática para volver a contemplar la puerta cerrada y secreta.

El indicador tenía escritas tres palabras: MONTAÑA, VALLE y GRUTA.

Ariom notó un zumbido en sus oídos, señal de que ya no podía contener por más tiempo la respiración. Moviendo los pies con rapidez, emergió jadeante.

En este caso, nadie aplaudió hasta ver si lo había conseguido.

—Hay tres caminos, tres posibilidades. Y tengo que elegir entre la montaña, el valle y la gruta. Por favor, Matarile, ¿dónde está la llave?

Por toda respuesta, ya que la princesa había

desaparecido, se escuchó una risa que se repitió multiplicada por el eco.

Moira, desde su habitación, creía haber encontrado la respuesta. Lo primero que había hecho era escribir esas tres palabras —*montaña, valle* y *gruta*— en un papel. Es cierto que a los dragones les gustan las grutas que se encuentran en lo alto de una montaña y a las que se llega recorriendo un valle.

Pero ¿la respuesta estaba en las palabras o en el juego de las palabras? ¿En las palabras tal y como aparecían o en las letras que formaban esas palabras? ¡Y ahí estaba la solución!

Antes de que ella pudiera decirle nada a su amigo del otro lado, el camaleón recién bautizado con nombre de gigante hizo una extraña filigrana.

Se asomó a la mismísima superficie del mar. Con un ojo, dentro del agua, miró hacia abajo. Con el otro, fuera del agua, calculó la distancia. Y sin pensárselo dos veces, proyectó su lengua hacia el fondo.

Pringosa, se adhirió a una de las posibilidades y, con todas sus fuerzas, tiró de ella hacia arriba.

El recorrido entre el fondo del mar y la superficie fue como una eternidad para los que esperaban. ¿Qué iría a sacar aquel animalillo pegado a su lengua? ¿Tal vez una caracola, una conchita, simplemente arena o, quizá, un alga?

Un valle. Ni montaña ni gruta. *Valle.* Ése era el camino elegido. Pero ¿bien elegido?

Los peces, las medusas y los cangrejos fueron testigos de la mayor magia submarina de todos los tiempos. Los hipocampos, helioporas y argonautas se maravillaron como jamás hasta ese momento.

Porque mientras la palabra *valle* subía hasta la superficie, las letras fueron cambiando de lugar. La que estaba en primer lugar pasó a ocupar el tercer puesto; la tercera se colocó a la cabeza, y sólo la *a* y la *e* permanecieron inamovibles.

De esta forma, cuando *Dragón* extrajo del fondo de los mares su elección, ya no era un *valle* lo que llevaba bien pegadito a la punta de la lengua, sino una espléndida *llave* dorada.

—¡Bieeen! —exclamaron los unos, los otros y los de más allá.

—¡Bravo! —le dijo Ariom al tiempo que le acariciaba en el lomo, lo que le produjo un escalofrío de satisfacción.

El niño tomó la llave en sus manos. Ahora ya sólo quedaba dar un paso más: abrir la puerta del secreto.

13 *La habitación secreta*

MOIRA sintió un temblor en su mano derecha, como si fuera ella misma la que dirigía la llave hacia la cerradura. Era emocionante. A pesar del invierno, de la reciente nevada y de la noche fría, la niña tenía la frente cubierta de perlas de sudor. Únicamente la cinta de tela impedía que las gotas cegaran sus ojos.

Ariom miró a sus amigos antes de utilizar la llave dorada. Sabía que todos estaban expectantes. En un religioso silencio, se habían ido añadiendo al grupo los otros personajes, los del mundo de las cosas como son y también los de los incompletos. Y, curiosamente, no desentonaban los unos con los otros. En realidad, eran como las personas y sus sombras, tan diferentes y al mismo tiempo tan próximas.

El hombre sin cabeza había parado su magnetófono, que ya no lanzaba más lamentos. Los gusarapos ignoraban los restos que habían quedado tras la batalla. Don Pimentón ni siquiera se movía para no dejar escapar impertinentes polvos de picapica que, tal vez, harían estornudar a sus vecinos.

Ariom buscó la cerradura, lo que, a primera vista, no resultaba empresa fácil. El dragón reconvertido en puerta secreta aún conservaba rasgos de su antigua personalidad. No era una puerta como las que tienen las casas o las habitaciones de las casas.

Era la puerta disimulada en la cara, o lo que fue la cara, de un dragón.

Ariom tanteó la superficie, que definitivamente tenía el tacto de la madera, en busca de alguna rendija. Y la encontró en aquel lugar donde, antes del combate, estuviera la boca.

Con decisión introdujo la llave y la hizo girar. E inmediatamente empujó el portón, que emitió un extraño chirrido, más parecido al gemido de un animal herido.

—Pe... pero ¿qué es esto?

Ariom avanzó, seguido a prudencial distancia por sus compañeros de peripecia. Todos, salvo él, iban temblorosos.

El interior, la habitación que protegía la puerta secreta, estaba lleno de ojos.

Una especie de ojos vistos desde atrás. Ojos cuadrados y rectangulares con un resplandor y un parpadeo, surcado por casi mil líneas cada uno.

—Después del monstruo de humo y fuego, ¿ahora el monstruo de los mil ojos? —se preguntó Ariom sin obtener respuesta de nadie, ni siquiera de sí mismo.

También Moira estaba desconcertada. No sólo por la extraña apariencia de aquella habitación, sino porque creía haber reconocido algunas caras. Caras detrás de los ojos.

—Pe... pero ¡si no son ojos!

Eran aparatos de televisión vistos desde atrás, de tal forma que en ellos no se contemplaban los programas emitidos, sino a las personas que estaban al otro lado, atentas a sus pantallas.

Allí estaban los padres y los abuelos de Moira. Y Bolín y Rolfi y hasta Marilú. Todos los habitantes contemplativos de la ciudad y del país, y del continente y del planeta.

Todos los espectadores pendientes del gran programa televisivo de fin de año.

Estaban inmóviles, atentos.

—¡Oh, Señor! —exclamó la voz metálica de la cinta del descabezado, que había cambiado de mensaje—. ¡Oh, Señor, Señor, Señor! —dijo mientras se iba dando golpazos contra las paredes, más ansioso que nunca de encontrar su cabeza.

Ariom, sonriente, se puso a hacer gestos detrás de cada aparato.

—Eh, hola, ¿cómo estáis? —y luego añadió con la mejor de sus sonrisas—: Venid aquí, a este lado, es mucho más divertido, mucho más emocionante. Venid.

No parecían escucharle, aunque se habían transformado ligeramente sus impasibles rostros. Ahora se notaba en ellos cierta discreta confusión, como si en el ceño fruncido de cada uno surgiera un interrogante.

—¡Venga, animaos! —proclamaba Ariom con entusiasmo, confiando en que en cualquier momento Rolfi, por ejemplo, o por ejemplo Marilú, fueran capaces de seguirle hasta allá.

—¡Venga, venga, hacedle caso! —murmuró Moira entre dientes, con la esperanza puesta en sus amigos.

Pero nadie se movía. Aunque comenzaba a cundir cierto desconcierto, nadie se movía más allá de sus butacas o sillones caseros.

Dragón no sabía a ciencia cierta en qué color quedarse. Había vivido tantas emociones en tan poco tiempo que se dejó llevar por sus impulsos primitivos, mezcla de alegría, de excitación, de ganas de agradar y deseos de sorprender.

Su cola se enroscaba y se desenroscaba como si fuera un yoyó. Su lengua entraba y salía dando chupetones a cuantos encontraba a su paso. Sus ojos, hacia adelante y hacia atrás, parecían las piezas de un malabarista de lujo. Y el color de su cuerpo...

El camaleón que había deseado llamarse *Dragón* hizo un esfuerzo supremo, concentrándose por unos instantes; apretó las mandíbulas con decisión, se aferró con sus dedos prensiles e hizo el prodigio.

No un solo color, ni dos, ni tres... ¡Siete! ¡Siete colores a la vez! Del rojo al violeta, todos los colores del arco iris.

Dragón estaba luminoso, incandescente, chisporroteante.

Y en ese momento, la luz incandescente de todas las televisiones chisporroteó también. Desaparecieron las caras del otro lado. Y en las pantallas, en todas las pantallas, aparecieron las clásicas interferencias, rayas horizontales que no se estaban quietas. Pero no eran rayas blancas y negras. Sino multicolores, como salidas de la paleta de un pintor.

—¡La encontré! —exclamó en ese momento el decapitado, colocándose la cabeza sobre los hombros.

—¡Bien! —gritaron cuincuinos y gusarapos.

—Puf-puf-puf...

Floribundo miró a don Pimentón; don Pimentón miró a Floribundo. Ambos tenían los ojos humedecidos por la emoción. Nunca imaginaron que fuera así.

Se abrazaron y se volvieron a abrazar, temblorosos.

—Por fin —dijo Floribundo al tiempo que de sus espinas de cardo borriquero comenzaban a brotarle pétalos aromáticos.

—Por fin, por fin —repitió don Pimentón con voz entrecortada, todavía iluminado por las siete tonalidades del arco iris.

—Y todo se lo debemos a nuestro caballero andante —afirmó Floribundo buscando a Ariom con la mirada.

—A nuestro amigo el intruso —añadió don Pimentón con una afable sonrisa—, que ya jamás será intruso en nuestro castillo.

—¡Ariom!

—¡Arioooooom!

—¿Dónde estás?

Pero ya no había arco iris, ni camaleón. Ni siquiera se veía a Ariom por parte alguna.

Floribundo se sintió desconcertado y quiso enfadarse.

Don Pimentón lo hizo por él; a fin de cuentas, así era su personaje.

—¡Vuelve, no te vayas! ¡Maldición y maldición! Por lo menos, devuélvenosla.

Se refería a la llave dorada que Ariom, al desaparecer, se había llevado consigo.

Epílogo

Feliz año nuevo

A la mañana siguiente, los periódicos dieron la noticia: en todas las televisiones del mundo se había interrumpido la emisión durante unos minutos. Las pantallas habían mostrado a los espectadores unas extrañas interferencias multicolores, y los más perspicaces creían haber visto algo más.

Decían que se trataba de imágenes superpuestas, sombras, perfiles... Incluso hubo quien afirmó que se divisaban unos extraños personajes con caras humanas.

Los más atentos se atrevieron a asegurar que allá dentro había alguien con una cinta en la cabeza, tal vez una venda, tal vez no...

Sea como fuere, el caso es que aquel fenómeno dio mucho que hablar. En realidad, había sido una original entrada en el año nuevo.

—Tenemos que volver alguna vez, ¿verdad que sí? —Moira, con los ojos entornados, comenzó a bostezar mientras hablaba. La intensa noche en vela empezaba a hacerse sentir.

—¡Ha sido fantástico! Nunca imaginé que dentro del castillo hubiera... todo lo que hay —respondió Ariom acariciándose el arete de oro de su oreja.

—Nos tienen que contar quiénes son los cuincuinos, y los pufitos. Y por qué llegaron hasta allí los gusarapos.

—Pues yo quiero hacerles un juego de palabras a Floribundo y a don Pimentón. ¡A ver si lo adivinan!

—Y a mí me gustaría...

Pero Moira se calló al escuchar los pasos que se aproximaban a su dormitorio.

Unos golpecitos en su puerta le hicieron taparse con la sábana hasta la nariz.

Entró su madre con una sonrisa.

—¿Con quién hablabas, cariño? —le preguntó mientras la arropaba.

—Con nadie —respondió Moira.

Y era verdad, porque en la habitación no había nadie más que ella.

—¿Tienes sueño?

—Un poco...

—Pues descansa —en ese momento, su madre contempló algo que llamó su atención—. ¿Y esta cinta? ¿Te duele la cabeza?

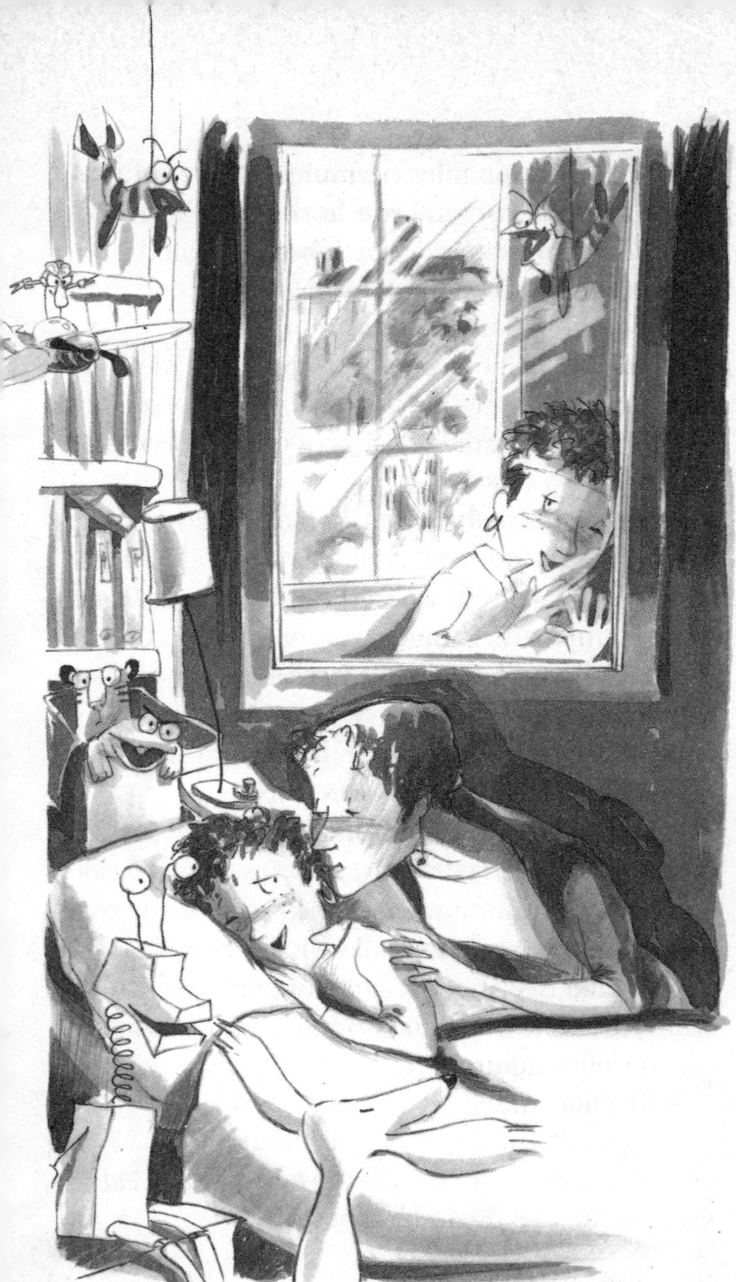

Moira no respondió, permitiendo que su madre le quitara la cinta que le rodeaba la frente, para seguidamente dejarla sobre la cómoda.

La niña sintió un beso en la mejilla.

—Y feliz año nuevo, cariño.

La madre salió, cerrando con delicadeza la puerta tras ella.

Moira sonrió mirando hacia el espejo. Y guiñó un ojo.

Durante todo el tiempo había tenido una de sus manos muy cerrada, como si en ella se escondiera un secreto que en aquel momento no podía compartir. Un pequeño objeto dorado.

—Feliz año nuevo... —murmuró con medias palabras, mientras caía en un sopor que le podía llevar a cualquiera de los mundos de los sueños.

Afuera, la nieve acumulada sobre el castillo comenzaba a derretirse. Y las gotas caídas desde lo alto, al ser iluminadas por la primera luz de la mañana, parecían más que nada estrellas. Estrellas viajeras en busca de nuevas aventuras para todo aquel capaz de tener un camaleón con nombre de dragón.

Feliz vida nueva...

Edimburgo-Madrid

Índice

1 El amigo del espejo 5
2 El castillo que espera 13
3 Una pareja como no hay dos 21
4 Pufitos, cuincuinos y gusarapos 29
5 La llave de la puerta secreta 39
6 El mensaje inexplicable 49
7 Un zoo muy especial 57
8 La amenaza de los truenos 67
9 Últimas noches del año 75
10 Un mundo loco, loco 81
11 El monstruo de fuego 91
12 La llave dorada 99
13 La habitación secreta 107
Epílogo (Feliz año nuevo) 115

EL BARCO DE VAPOR

SERIE NARANJA (a partir de 9 años)

1 / *Otfried Preussler*, Las aventuras de Vania el forzudo
2 / *Hilary Ruben*, Nube de noviembre
3 / *Juan Muñoz Martín*, Fray Perico y su borrico
4 / *María Gripe*, Los hijos del vidriero
5 / *A. Dias de Moraes*, Tonico y el secreto de estado
6 / *François Sautereau*, Un agujero en la alambrada
7 / *Pilar Molina Llorente*, El mensaje de maese Zamaor
8 / *Marcelle Lerme-Walter*, Los alegres viajeros
9 / *Djibi Thiam*, Mi hermana la pantera
10 / *Hubert Monteilhet*, De profesión, fantasma
11 / *Hilary Ruben*, Kimazi y la montaña
12 / *Jan Terlouw*, El tío Willibrord
13 / *Juan Muñoz Martín*, El pirata Garrapata
15 / *Eric Wilson*, Asesinato en el «Canadian Express»
16 / *Eric Wilson*, Terror en Winnipeg
17 / *Eric Wilson*, Pesadilla en Vancúver
18 / *Pilar Mateos*, Capitanes de plástico
19 / *José Luis Olaizola*, Cucho
20 / *Alfredo Gómez Cerdá*, Las palabras mágicas
21 / *Pilar Mateos*, Lucas y Lucas
22 / *Willi Fährmann*, El velero rojo
25 / *Hilda Perera*, Kike
26 / *Rocío de Terán*, Los mifenses
27 / *Fernando Almena*, Un solo de clarinete
28 / *Mira Lobe*, La nariz de Moritz
30 / *Carlo Collodi*, Pipeto, el monito rosado
31 / *Ken Whitmore*, ¡Saltad todos!
34 / *Robert C. O'Brien*, La señora Frisby y las ratas de Nimh
35 / *Jean van Leeuwen*, Operación rescate
37 / *María Gripe*, Josefina
38 / *María Gripe*, Hugo
39 / *Cristina Alemparte*, Lumbánico, el planeta cúbico
42 / *Núria Albó*, Tanit
43 / *Pilar Mateos*, La isla menguante
44 / *Lucía Baquedano*, Fantasmas de día
45 / *Paloma Bordons*, Chis y Garabís
46 / *Alfredo Gómez Cerdá*, Nano y Esmeralda
47 / *Eveline Hasler*, Un montón de nadas
48 / *Mollie Hunter*, El verano de la sirena
49 / *José A. del Cañizo*, Con la cabeza a pájaros
50 / *Christine Nöstlinger*, Diario secreto de Susi. Diario secreto de Paul
51 / *Carola Sixt*, El rey pequeño y gordito
52 / *José Antonio Panero*, Danko, el caballo que conocía las estrellas
53 / *Otfried Preussler*, Los locos de Villasimplona
54 / *Terry Wardle*, La suma más difícil del mundo
55 / *Rocío de Terán*, Nuevas aventuras de un mifense
57 / *Alberto Avendaño*, Aventuras de Sol

58 / *Emili Teixidor*, **Cada tigre en su jungla**
59 / *Ursula Moray Williams*, **Ari**
60 / *Otfried Preussler*, **El señor Klingsor**
61 / *Juan Muñoz Martín*, **Fray Perico en la guerra**
62 / *Thérèsa de Chérisey*, **El profesor Poopsnagle**
63 / *Enric Larreula*, **Brillante**
64 / *Elena O'Callaghan i Duch*, **Pequeño Roble**
65 / *Christine Nöstlinger*, **La auténtica Susi**
66 / *Carlos Puerto*, **Sombrerete y Fosfatina**
67 / *Alfredo Gómez Cerdá*, **Apareció en mi ventana**
68 / *Carmen Vázquez-Vigo*, **Un monstruo en el armario**
69 / *Joan Armengué*, **El agujero de las cosas perdidas**
70 / *Jo Pestum*, **El pirata en el tejado**
71 / *Carlos Villanes Cairo*, **Las ballenas cautivas**
72 / *Carlos Puerto*, **Un pingüino en el desierto**
73 / *Jerome Fletcher*, **La voz perdida de Alfreda**
74 / *Edith Schreiber-Wicke*, **¡Qué cosas!**
75 / *Irmelin Sandman Lilius*, **El unicornio**
76 / *Paloma Bordons*, **Érame una vez**
77 / *Llorenç Puig*, **El moscardón inglés**
78 / *James Krüss*, **El papagayo parlanchín**
79 / *Carlos Puerto*, **El amigo invisible**
80 / *Antoni Dalmases*, **El vizconde menguante**
81 / *Achim Bröger*, **Una tarde en la isla**
82 / *Mino Milani*, **Guillermo y la moneda de oro**
83 / *Fernando Lalana y José María Almárcegui*, **Silvia y la máquina Qué**
84 / *Fernando Lalana y José María Almárcegui*, **Aurelio tiene un problema gordísimo**
85 / *Juan Muñoz Martín*, **Fray Perico, Calcetín y el guerrillero Martín**
86 / *Donatella Bindi Mondaini*, **El secreto del ciprés**
87 / *Dick King-Smith*, **El caballero Tembleque**
88 / *Hazel Townson*, **Cartas peligrosas**
89 / *Ulf Stark*, **Una bruja en casa**
90 / *Carlos Puerto*, **La orquesta subterránea**
91 / *Monika Seck-Agthe*, **Félix, el niño feliz**
92 / *Enrique Páez*, **Un secuestro de película**
93 / *Fernando Pulín*, **El país de Kalimbún**
94 / *Braulio Llamero*, **El hijo del frío**
95 / *Joke van Leeuwen*, **El increíble viaje de Desi**

EL BARCO DE VAPOR

SERIE ROJA (a partir de 12 años)

1 / *Alan Parker*, **Charcos en el camino**
2 / *María Gripe*, **La hija del espantapájaros**
3 / *Huguette Perol*, **La jungla del oro maldito**
4 / *Ivan Southall*, **¡Suelta el globo!**
6 / *Jan Terlouw*, **Piotr**
7 / *Hester Burton*, **Cinco días de agosto**
8 / *Hannelore Valencak*, **El tesoro del molino viejo**
9 / *Hilda Perera*, **Mai**
10 / *Fay Sampson*, **Alarma en Patterick Fell**
11 / *José A. del Cañizo*, **El maestro y el robot**
12 / *Jan Terlouw*, **El rey de Katoren**
14 / *William Camus*, **El fabricante de lluvia**
17 / *William Camus*, **Uti-Tanka, pequeño bisonte**
18 / *William Camus*, **Azules contra grises**
20 / *Mollie Hunter*, **Ha llegado un extraño**
22 / *José Luis Olaizola*, **Bibiana**
23 / *Jack Bennett*, **El viaje del «Lucky Dragon»**
25 / *Geoffrey Kilner*, **La vocación de Joe Burkinshaw**
26 / *Víctor Carvajal*, **Cuentatrapos**
27 / *Bo Carpelan*, **Viento salvaje de verano**
28 / *Margaret J. Anderson*, **El viaje de los hijos de la sombra**
30 / *Bárbara Corcoran*, **La hija de la mañana**
31 / *Gloria Cecilia Díaz*, **El valle de los cocuyos**
32 / *Sandra Gordon Langford*, **Pájaro rojo de Irlanda**
33 / *Margaret J. Anderson*, **En el círculo del tiempo**
35 / *Annelies Schwarz*, **Volveremos a encontrarnos**
36 / *Jan Terlouw*, **El precipicio**
37 / *Emili Teixidor*, **Renco y el tesoro**
38 / *Ethel Turner*, **Siete chicos australianos**
39 / *Paco Martín*, **Cosas de Ramón Lamote**
40 / *Jesús Ballaz*, **El collar del lobo**
43 / *Monica Dickens*, **La casa del fin del mundo**
44 / *Alice Vieira*, **Rosa, mi hermana Rosa**
45 / *Walt Morey*, **Kavik, el perro lobo**
46 / *María Victoria Moreno*, **Leonardo y los fontaneros**
49 / *Carmen Vázquez-Vigo*, **Caja de secretos**
50 / *Carol Drinkwater*, **La escuela encantada**
51 / *Carlos-Guillermo Domínguez*, **El hombre de otra galaxia**

52 / *Emili Teixidor,* **Renco y sus amigos**
53 / *Asun Balzola,* **La cazadora de Indiana Jones**
54 / *Jesús M.ª Merino Agudo,* **El «Celeste»**
55 / *Paco Martín,* **Memoria nueva de antiguos oficios**
56 / *Alice Vieira,* **A vueltas con mi nombre**
57 / *Miguel Ángel Mendo,* **Por un maldito anuncio**
58 / *Peter Dickinson,* **El gigante de hielo**
59 / *Rodrigo Rubio,* **Los sueños de Bruno**
60 / *Jan Terlouw,* **La carta en clave**
61 / *Mira Lobe,* **La novia del bandolero**
62 / *Tormod Haugen,* **Hasta el verano que viene**
63 / *Jocelyn Moorhouse,* **Los Barton**
64 / *Emili Teixidor,* **Un aire que mata**
65 / *Lucía Baquedano,* **Los bonsáis gigantes**
66 / *José L. Olaizola,* **El hijo del quincallero**
67 / *Carlos Puerto,* **El rugido de la leona**
68 / *Lars Saabye Christensen,* **Herman**
69 / *Miguel Ángel Mendo,* **Un museo siniestro**
70 / *Gloria Cecilia Díaz,* **El sol de los venados**
71 / *Miguel Ángel Mendo,* **¡Shh... esos muertos, que se callen!**
72 / *Bernardo Atxaga,* **Memorias de una vaca**
73 / *Janice Marriott,* **Cartas a Lesley**
74 / *Alice Vieira,* **Los ojos de Ana Marta**
75 / *Jordi Sierra i Fabra,* **Las alas del sol**
76 / *Enrique Páez,* **Abdel**
77 / *José Antonio del Cañizo,* **¡Canalla, traidor, morirás!**
78 / *Teresa Durán,* **Juanón de Rocacorba**
79 / *Melvin Burguess,* **El aullido del lobo**
80 / *Michael Ende,* **El ponche de los deseos**
81 / *Mino Milani,* **El último lobo**
82 / *Paco Martín,* **Dos hombres o tres**
83 / *Ruth Thomas,* **¡Culpable!**
84 / *Sol Nogueras,* **Cristal Azul**
85 / *Carlos Puerto,* **Las alas de la pantera**
86 / *Virginia Hamilton,* **Plain City**
87 / *Joan Manuel Gisbert,* **La sonámbula en la Ciudad-Laberinto**

Colección GRAN ANGULAR

1 / Jean-Claude Alain, **Los muchachos de Dublín**
3 / Eve Dessarre, **Danièle en la isla**
7 / Luce Fillol, **María de Amoreira**
8 / Ch. Grenier-W. Camus, **Cheyenes 6112**
10 / John R. Townsend, **El castillo de Noé**
11 / William Camus, **Un hueso en la autopista**
14 / Jan Terlouw, **Invierno en tiempo de guerra**
15 / María Halasi, **Primer reportaje**
16 / André Massepain, **Los filibusteros del uranio**
17 / Lucía Baquedano, **Cinco panes de cebada**
18 / Rosemary Sutcliff, **Aquila, el último romano**
19 / Jordi Sierra i Fabra, **El cazador**
20 / Anke de Vries, **Belledonne, habitación 16**
21 / Willi Fährmann, **Año de lobos**
23 / María Gripe, **El abrigo verde**
24 / W. Camus-Ch. Grenier, **Una india en las estrellas**
26 / Willi Fährmann, **El largo camino de Lucas B.**
29 / Thea Beckman, **Cruzada en «jeans»**
30 / Jaap ter Haar, **El mundo de Ben Lighthart**
31 / María Gripe, **Los escarabajos vuelan al atardecer**
32 / Jordi Sierra i Fabra, **...En un lugar llamado Tierra**
33 / Anke de Vries, **El pasado quedó atrás**
34 / Carmen Kurtz, **Querido Tim**
36 / Montserrat del Amo, **La piedra de toque**
38 / María Gripe, **El rey y el cabeza de turco**
40 / María Gripe, **Agnes Cecilia**
44 / Käthe Recheis, **El lobo blanco**
47 / María Gripe, **La sombra sobre el banco de piedra**
49 / María Gripe, **El túnel de cristal**
51 / Forrest Carter, **La estrella de los cheroquis**
52 / Lensey Namioka, **En el pueblo del gato vampiro**
54 / Fernando Lalana, **El zulo**
55 / Carlos-Guillermo Domínguez, **Atacayte**
56 / Alfredo Gómez Cerdá, **La casa de verano**
58 / Jordi Sierra i Fabra, **Regreso a un lugar llamado Tierra**
62 / José Luis Martín Vigil, **Habla mi viejo**
64 / Albert Payson Terhune, **Lad, un perro**
66 / Montserrat del Amo, **La encrucijada**
68 / Jordi Sierra i Fabra, **El testamento de un lugar llamado Tierra**
69 / Helen Keiser, **La llamada del muecín**
70 / Lene Mayer-Skumanz, **Barro entre las manos**
74 / Leonor Mercado, **Cuaderno de bitácora**
75 / Carlos-Guillermo Domínguez, **Sosala**
76 / Anke de Vries, **Cómplice**
77 / Jordi Sierra i Fabra, **El último verano miwok**
79 / Jordi Sierra i Fabra, **El joven Lennon**
81 / Isolde Heyne, **Cita en Berlín**
82 / Juan M. San Miguel, **Alejo**
83 / Federica de Cesco, **El caballo de oro**

84 / María Gripe, **Aquellas blancas sombras en el bosque**
86 / Jan Terlouw, **Barrotes de bambú**
87 / John Hooker, **El capitán James Cook**
88 / Carlos Villanes Cairo, **Destino: la Plaza Roja**
90 / Miguela del Burgo, **Adiós, Álvaro**
91 / Andy Tricker, **Voy a vivir**
92 / Thomas Jeier, **El apache blanco**
94 / Urs M. Fiechtner, **Historia de Ana**
95 / Fernando Lalana y Luis Puente, **Hubo una vez otra guerra**
96 / Rodrigo Rubio, **La puerta**
97 / Alfredo Gómez Cerdá, **Pupila de águila**
99 / Liva Willens, **A veces soy un jaguar**
100 / Jordi Sierra i Fabra, **La balada de Siglo XXI**
102 / Fernando Lalana, **Morirás en Chafarinas**
103 / Gemma Lienas, **Así es la vida, Carlota**
104 / Josep Francesc Delgado, **Las voces del Everest**
105 / Emili Teixidor, **El soldado de hielo**
106 / Carlos Villanes Cairo, **Retorno a la libertad**
107 / Sheila Gordon, **¡Ni una hora más!**
108 / Alice Vieira, **Úrsula**
109 / María Gripe, **Carolin, Berta y las sombras**
110 / Juan M. San Miguel, **Cerco de fuego**
112 / Carlos Puerto, **Akuna matata**
114 / Sigrid Heuck, **El enigma del maestro Joaquín**
115 / Francesc Sales, **Diario de Alberto**
118 / Maite Carranza, **La selva de los arutams**
119 / Joan Manuel Gisbert, **La frontera invisible**
120 / Peter Dickinson, **Mi madre es la guerra**
121 / Nicole Meister, **La historia de Mon**
122 / Mette Newth, **Secuestro**
123 / Werner J. Egli, **Tarantino**
125 / Manuel Alfonseca, **Bajo un cielo anaranjado**
126 / Mercè Canela, **Partitura para saxo**
127 / Xavier Alcalá, **Contra el viento**
128 / Gillian Cross, **La hija del lobo**
130 / José Luis Velasco, **El guardián del paraíso**
131 / Mecka Lind, **A veces tengo el mundo a mis pies**
132 / Joachim Friedrich, **El tango de Laura**
133 / Lola González, **Brumas de octubre**
134 / Jordi Sierra i Fabra, **Malas tierras**
135 / Nina Rauprich, **Una extraña travesía**
136 / Gillian Cross, **Nuevo mundo**
137 / Emili Teixidor, **Corazón de roble**
138 / Berlie Doherty, **Querido nadie**
139 / José Luis Velasco, **El misterio del eunuco**
141 / Nacho Docabo, **Murió por los pelos**
142 / Ángela Vallvey, **Kippel y la mirada electrónica**
145 / Werner J. Egli, **Sólo vuelve uno**
146 / Lola González, **Guárdate de los Idus**

Edición especial:

 29 / *Thea Beckman,* **Cruzada en «jeans»**
 31 / *María Gripe,* **Los escarabajos vuelan al atardecer**
102 / *Fernando Lalana,* **Morirás en Chafarinas**
111 / *Joan Manuel Gisbert,* **La noche del eclipse**
113 / *Jordi Sierra i Fabra,* **El último set**
116 / *Vicente Escrivá,* **Réquiem por Granada**
117 / *Fernando Lalana,* **Scratch**
124 / *Alejandro Gándara,* **Falso movimiento**
129 / *Juan Madrid,* **Cuartos oscuros**
140 / *Alejandro Gándara,* **Nunca seré como te quiero**
143 / *Jesús Ferrero,* **Las veinte fugas de Básil**
144 / *Antoni Dalmases,* **Doble juego**